U0916322

さんげつき

〔日〕中岛敦◎著

施霞◎译

应急管理出版社

·北京·

图书在版编目（CIP）数据

山月记／（日）中岛敦著；施霞译．--北京：应急管理出版社，2021

ISBN 978-7-5020-9009-8

Ⅰ.①山… Ⅱ.①中… ②施… Ⅲ.①中篇小说—小说集—日本—现代 ②短篇小说—小说集—日本—现代 Ⅳ.①I313.45

中国版本图书馆 CIP 数据核字(2021)第 224678 号

山月记

著　　者　（日）中岛敦
译　　者　施　霞
责任编辑　高红勤
封面设计　胡椒书衣

出版发行　应急管理出版社（北京市朝阳区芍药居 35 号　100029）
电　　话　010-84657898（总编室）　010-84657880（读者服务部）
网　　址　www.cciph.com.cn
印　　刷　北京欣睿虹彩印刷有限公司
经　　销　全国新华书店

开　　本　710mm×1000mm 1/16　**印张**　14　**字数**　200 千字
版　　次　2021 年 12 月第 1 版　2021 年 12 月第 1 次印刷
社内编号　20210893　**定价**　58.00 元

译者前言

很多中国读者在阅读某些日本作家的作品时，都会有一种似曾相识的感觉，因为这些作品都取材于中国古代典籍。在日本文学史上，这些取材于各国的古代文学作品，经过日本作家重新创作而成的作品被称为“翻案文学”。

翻案文学是日本文学史上独有的一种创作方式。中国的经典古籍是日本作家首选的题材来源，其中包括大家熟知的《左传》《史记》《三国演义》《水浒传》《西游记》《三言二拍》等经典名著。这些中国的传统文学作品，在日本作家的笔下重新演绎后，焕发出了别样的异国风采。

在日本近代文学史上，有众多名家都从中国古代文学作品中汲取灵感，包括我们熟知的芥川龙之介、太宰治、井上靖等。

在众多翻案文学作家中，中岛敦无疑是其中的佼佼者。中岛敦毕业于东京帝国大学文学系，因为祖父及父亲都是汉学家，中岛敦自幼受到熏陶，展现了他对汉学的喜爱和惊人天赋，这也为他日后的文学创作打下了坚实的基础。

1942 年 7 月，中岛敦在刊物《文学界》发表了作品《山月记》和《文字祸》，立时震惊文坛，同时也标志着他正式成为职业作家。稍后，中岛敦又发表了作品《光·风·梦》，并成为“芥川文学奖”的候选作品。同年 12 月，中岛敦因哮喘病发作去世，年仅 33 岁。中岛敦的职业作家生涯很短暂，他就像一颗流星，一闪而过，但是却为后世留下了光辉灿烂的文化遗产。

中岛敦在写作风格上，非常接近芥川龙之介。这是因为两人在人生经历及文学创作上有很多相似之处，因此，中岛敦又被称为“小芥川”。

出于对汉学的热爱，中岛敦将自己对中国传统文化的深刻理解都融入了他的文学作品中。他用小说的形式来解读和诠释中国的古代文化及哲学。中岛敦以中国古代历史及人物为载体，探讨了在历史发展的洪流中个人的选择及命运走向，充分展现了中岛敦思想上的哲学性及现代性。

中岛敦一生共创作了三十余篇作品，其中有近十篇取材于中国古代典籍，包括《左传》《论语》《庄子》《史记》《西游记》以及唐传奇，《山月记》《牛人》《高人传》《盈虚》《弟子》《李陵》以及《我的西游记》均为此类作品。

《山月记》是一本中文简体版精选集，收录了中岛敦多篇作品，包括《山月记》《牛人》《高人传》《盈虚》《弟子》以及《李陵》。此外，还收录有《狐凭》及《光·风·梦》。

中岛敦通过自己的文学创作将中国古典文化与日本怪谈的诡谲完美

地融合在一起。读者将通过阅读这些精彩的作品感受日本作家笔下的中国古典文化，相信这本书一定会为读者带来全新的、不一样的感受。

目 录

山月记

さんげつき

李徵，陇西人，自幼博闻强识，生得一表人才。天宝末年，刚满二十岁的李徵就登上了虎榜，接着，就被派遣到江南当太尉。李徵为人正直，又自视清高，不屑于与官场中人周旋，不满官场中司空见惯的行贿受贿之风，看不惯溜须拍马的官吏。不久，他便辞去官职，回到家乡，拒绝与人交往，纵情于山水之间，专心研究诗词文赋。在李徵看来，与其做一名品阶低微的官员，天天对着高官唯唯诺诺，还不如当一位流芳百世的诗人。

但是，生活的琐事总会一点点蹉跎李徵眼中的光芒。想要凭借诗词文赋闻名天下并不容易，还没等名扬天下，生活就开始捉襟见肘。备受现实折磨的李徵焦躁不安，贫穷的生活就像一把无情的刻刀，在李徵脸上留下了困苦生活的印记；曾闻名一时的俊秀美男子，除了双眼还炯炯有神外，竟然再难看出俊美的影子。

过了几年，李徵家里已经到了揭不开锅的地步，为了养活妻儿，他只能选择向生活妥协，放下清高的姿态，再次以卑微的身份挤进名利场，去填补地方官吏的空缺。虽说是为了妻儿重回官场，但也有可能是李徵对作诗写文半生，依旧没有掀起水花的结果心灰意冷。

当初和自己一起为官的同僚早已身居高位，混得风生水起，昔日自己看不起的污浊之辈，已然成为自己的顶头上司。显而易见，这对曾风光一时无人能及的李徵是怎样的打击，他每天郁郁寡欢。渐渐地，他心里涌出一股火，随着时间的流逝不断地蔓延燃烧。

心火终将失控。一年后，李徵赴外地为官，在汝水边上暂住。有天深夜，本应熟睡的他忽然从床上一跃而起，嘴里还念叨着，不知所云。他一股脑跑出客栈，消失在漫漫黑夜中，从此再也没有回来。

不少人都在附近寻找李徵，无一不是失望而归，别说李徵本人，就连关于他的蛛丝马迹都没有。所以，李徵身上到底发生了什么，最后怎么样了，也就不得而知了。

翌年，时任监察御史一职的袁傪率领一批人马，奉命前往岭南办差，途中，决定在此地休息。

第二天，天色还没亮，袁傪一行人刚准备继续赶路，就被店小二拦住。按照店小二的说法，这个地方有吃人的猛兽，在此横行霸道已久，经常在夜间出行，导致许多旅客不得不等太阳完全升起后才敢继续赶路。店小二劝诫袁傪等人耐心等待，等天亮后再赶路。袁傪仗着自己人马多，丝毫不畏惧店小二口中吃人的猛兽，他非但没有听从店小二的建议，反而不耐烦地训斥了他一番，带着众人就上路了。

月光透过密密麻麻的枝丫照在地上，使得本就不明亮的小路更加昏暗。突然，草丛里传来一声异响，一只肥壮凶猛的大老虎以迅雷不及掩耳之势蹿了出来。就在大老虎要扑向袁傪的危急时刻，它却像突然转了性一般，硬生生地刹住，然后翻身跳进草丛里。

袁傪听见从草丛中传来一阵低语，只听一个人不停念叨着“好险好险”。袁傪总觉得这个声音似曾相识，自己应该是在什么地方听过。突然，一个念头如同闪电一般穿破他的脑海，一想到这个可能性，他就忍不住发抖。终于，他忍不住开口，对着草丛大喊道："你、你是不是我的挚友，李徵？"

袁傪的腔调有些颤抖，毕竟他和李徵曾是一对挚友。当初他们两人在同年成为进士，虽都才高八斗，性格却不大相同。李徵愤世嫉俗，看不惯虚以委蛇的惺惺作态，总会用颇为辛辣的言辞激怒别人。而袁傪性格温和，平易近人，所以他才能和李徵走到一起。这对于没有什么朋友的李徵而言，袁傪是他最值得托付的友人。

过了很久，草丛中传来断断续续的呜咽声，等呜咽声平息后，又传来一声轻叹："是我，我是陇西李徵。"

袁傪听到回答后立刻翻身下马，迫不及待地奔向草丛，仿佛把不久前被猛虎扑身的恐惧丢在脑后，随之涌出来的是对友人阔别已久的喜悦之情。他询问李徵为什么躲在草丛不肯出来见他，李徵回答道："我现在变成猛兽的形态，实在不好意思见你。而且我现在的身躯十分骇人，怕吓着你，让你讨厌我。但是，今天竟然意外遇到挚友，我实在忍不住想和你说说话。想要和你叙旧的心情汹涌到让我暂且忘记了羞愧。你能摈弃我丑陋的外貌，把我当成昔日的挚友李徵，和我说说话吗？哪怕一刻钟也好。"

袁傪欣然同意，自然而然地坐在草丛边。日后的袁傪回忆起这段经历也觉得不可思议，可当时的他并没有过多怀疑，而是很平静地接受自己的朋友变成老虎的事实。他命令部下停在一旁待命，自己则坐在草丛边与李徵叙起旧来。

他们谈了很多，袁傪挑选几个重要风趣的京城传闻讲给李徵听，也向李徵坦言自己这几年的近况，李徵听闻袁傪身居高位后连连祝贺。恍惚间，他们似乎都回到了青年时代，那时候两人经常交杯换盏，畅谈到天亮。

讲完自己的近况后，袁傪询问李徵为什么会变成现在这个样子，李徵叹口气，讲述起了自己的故事。

“大概在一年前，我因公在外，晚上暂时借住在汝水河边，等我睡醒的时候，突然听见门外传来呼唤，仔细一听竟然是叫我的名字，我连忙答应着，打开门往外看，发现屋外并没有人，那声音仿佛从黑暗的丛林中传来。不知不觉，我的神思游离出我的身体，情不自禁地追随那声呼唤，朝着黑暗奔跑起来。我用力奔跑，不知道从什么时候开始，身边的风景逐渐荒凉，小路通向的是荒无人烟的森林。慢慢地，我并不满足于双腿奔跑，在我没回过神的情况下，我居然开始用双手抓着地面奔跑。当时，我觉得自己充满力量，遇到巨大的岩石，也只是轻轻一跃就能过去。等我神思回到身体里的时候，发现我的小臂和胳膊都长出了绒毛。等到天亮，我找了一处溪水，发现溪水中倒映出来的，是一只老虎。

“一开始我以为是我眼花，后来转念一想觉得自己是在梦里，毕竟我以前也做过这么荒诞的梦，还告诉自己正在做梦。但最后，我发现这并不是梦，而是现实。我很害怕，我不知道该怎么办，我没有想到这种荒诞的事情会发生在我的身上。我连变成老虎的原因都不知道，我能做的就只有向命运妥协，被迫接受我变成老虎的事实。命运从来不会和人讲道理，我们能做到的就只有向命运屈服，这就是我们的宿命。

“我想立刻了断自己，但偏偏在这个时候，一只兔子出现在我的面前。这只兔子立刻激发了我体内的兽性，在那个瞬间我感觉到我的人性消失了，当我的人性再次清醒时，我的嘴上已经沾满带着兔毛的鲜血。四处一片狼藉，都是被撕扯下来的兔毛。此刻，我终于清醒地意识到我已经变成了一只猛兽。

“自那以后，我的本心都会败于猛兽的习性，做出许多惨绝人寰的事情，我实在是羞愧到没有办法说出口。虽然大部分时间都是兽性主宰我的身体，不过一天中也还是会有短暂的时间让我的本心回归身体。只有在那段时间，我才能和往常一样说话思考，甚至还能吟诗作对。当我用人的角度去审视自己的行为，再回想到以往多舛的命运时，我的内心仿佛有岩浆在喷发，我恐惧，我愤怒，我嘶吼，但最终在命运的操弄下归于平静。

“更惨的是，我发现清醒的时刻越来越短。以前，我总是向命运质问，为什么我会变成老虎，现在我居然思考我以前为什么是人。我很害怕，我害怕自己最终屈服于命运的操弄，臣服于命运的判定，最终不问来处，不问归处，任由兽性吞噬我的人性，变成彻头彻尾的老虎。如果这天终将到来，即使见到你，我也会毫不犹豫、毫无愧疚地将你撕裂吧。

“我在思考，我们现在看到的人或是兽，会不会从一开始就不是我们看到的现在的模样呢？也许他们一开始还保留着最原始的记忆，但随着时间的流逝，他们也逐渐适应了新的身份，最初的记忆也消失不见，最终变成我们看到的这个样子，就连他们自己也觉得现在的这副模样才是他们原本的模样。无论事实如何，这些都已经不重要了。我时常在想，我变成现在的这副模样，会不会人性消失了以后，单纯作为一只老虎会更加幸福呢？但是作为李徵而言，却无比恐惧人性的消失。我既希望着体内的人性消失，做一只无忧无虑的老虎，却又如此害怕人性消失，从此再无李徵。这种恐惧、怨恨、无奈的心情，我想没有几个人能够体会，除非他遭遇了和我一样的灾难。话说回来，在我的人性还没有完全丧失之前，我有一件事相求。”

袁傪等人没有出声打扰李徵，只是安静地听着这个不可思议的故事。

“我想做的也不是什么大事。我以前想靠着诗歌文章流芳百世，然而倥偬半生，一事无成，事业还未有起色，又遭受如此荒诞的灾难。我以前赋诗作文数百篇，都没有机会得以流传，如今想来连残稿都踪迹难寻。好在我还能记住几首诗，我想请你帮我誊抄下来。现如今，我已没有成为伟大诗人的雄心壮志，但我不甘心之前所作的诗全部湮灭在历史长河中。虽然我已经不能成为诗人，但我写的诗歌流芳百世，依旧是我最大的执念。”

袁傪听完后立刻派人拿纸笔记录。随着李徵的口述，一首首逸趣横生、清新高雅的诗歌也跃然纸上。在场的人听到这一首首诗歌时，无一不感叹作者的才华。袁傪在惊叹李徵才华的同时，也意识到，虽然这些诗歌不俗，但是与流芳百世的诗歌相比还欠缺些火候。

念完旧作后，李徵停顿了一下，再开口时，腔调已变得悲怆。

“说来好笑，我就算变成了现在这副见不得人的模样，在做梦的时候，竟然还梦见我的诗集与其他文学家的诗集摆在一处，醒来后，发现自己趴在山洞里，多可笑。回顾这一生，我活得多么碌碌无为，当我还在为无法成为文学大家，写不出流芳百世的诗歌郁郁寡欢时，命运却捉弄我，让我成为这长虫的模样！”

袁傪听着李徵的自嘲，嘴边泛着苦笑，他想起李徵以前也喜欢自嘲，自己在旁边一边听着一边宽解他。现如今，袁傪不知道该说什么，因为无论说什么，也不能减轻他心中的苦闷。

“话说回来，我现在不也可以即兴作诗一首，来增加大家的谈资吗？至少还能证明以前的李徵在这只老虎的体内活过。”

袁傪连忙示意下属提笔记录：

命运把我变为猛兽，

灾难却从未出逃，
尖锐的爪牙无人能敌，
人类的哀号此起彼伏，
如今我化为异类躲在草垛，
而彼时的挚友却乘宝马香车，
此刻的小溪与明月唤起我悲愁，
而我只能独自哀号。

此时，月亮的光芒逐渐黯淡，草叶上开始凝结露珠，一阵让人瑟瑟发抖的寒风拂过竹林，这意味着黑夜即将结束，白昼马上来临。袁傪等人并没有注意到拂晓将至，他们还没有从李徵的故事中回过神来，无一不同情他的悲惨遭遇。此时，李徵的声音再度从草丛中传来——

“刚刚也谈到，我想不通为什么我会遭遇如此离奇的事情。其实仔细一想，也不是完全没有头绪，在我还是人的时候，我不太爱和别人交流，同僚间的交际能避则避，很多人都以为我是高傲冷漠的人，其实不然，我反而十分自卑。曾被人成为天才，自然是有自尊心的，只不过这强大的自尊心却裹着懦弱的外壳。多年来，我一直想以诗作扬名天下，流芳百世，但是我从未拜师访友，与文人骚客切磋诗歌。不仅如此，我还看不上为钱财名利奔波的人，总觉得他们是无可救药的俗人。我这自视清高的姿态，皆因自卑与自傲所起。

“我害怕自己不是世人所称赞的金子，所以不敢自降身份和普通人一样刻苦研习诗词，毕竟天才有天赋，只有普通人才依靠努力。矛盾的是我又觉得自己是金子，不能和终日追逐钱财名利的沙粒混在一起。于是，我慢慢远离人群，搬到了人烟稀少的地方。即使如此，我的内心依旧苦闷不已。渐渐地，我开始愤世嫉俗。我时常在想，是否最原始的性情就是蛰伏在体内的猛兽，而理智则是驯兽师。对于我来说，蛰伏在我体内的猛兽就是我那强大的羞耻心。我因无法克制负面情绪不停地伤害自己，还连累了妻儿和朋友。最终，理智败给了情绪，导致我现在成为这个模样。

“现在回想起来，我真是浪费了自己仅有的一点才华。我总是把名言警句挂在嘴边，告诫自己一事无成的人生漫长得没有尽头，而为梦想奋斗才会觉得人生苦短。而我的人生却恰恰相反，我总是害怕暴露才华的不足，因而不去请教别人，又害怕承受不了学习的痛苦而日渐怠惰。然而，这个世界上有很多资质远不如我的人，他们凭借努力也能成为流芳百世的诗人。可叹的是，只有在成为老虎的时候，我才想通这一点。每每想到这里，我的心仿佛被钝刀凌迟，无边的悔恨蔓延在我的心扉。

“我现在已经没有办法重新为人了，虽然我的脑海里还能涌现出许多诗词，但是我的利爪却不能握笔写出，再流传出去。我的内心也逐渐向老虎靠近，每当我回想起我的前半生，我的内心仿佛被熊熊火焰燃烧，心中的郁结无法说出，就只能来到山巅向着云端怒吼。

“昨晚我又对着月亮咆哮，我想抒发自己的苦闷，期待会有人理解我的苦楚。但是，动物听见我的嘶吼只会瑟瑟发抖俯首称臣，它们只有恐惧，无法感应到我内心的惆怅。这世间的一切，都只能听见老虎在怒吼，却不知它因何怒吼。这就和我以前作为人的经历相似，大家只是觉得我清高孤傲，但没有一个人了解我内心的疮疤。发泄完后，我的皮毛变得湿漉漉，但我知道这不仅仅是因为清晨的露珠打在我的皮毛上，更多的是我的眼泪。”

黑暗逐渐消失，阳光透过枝丫照在地上，远处传来角笛报晓的声音。

“看来到说再见的时候了，”李徵说，“不过在道别之前我有一件事情想拜托你。我如今变成这副模样，实在没有勇气去见我的妻儿。如果不出我所料，他们现在应该还留在虢略，你回去的时候能否顺道去见见他们，转告我已死去的消息呢？还请你千万不要对他们说起今天的事情。除此之外，我还想请求你，看在他们母子二人孤立无援的情况下，能够适当帮助他们生活，不要让他们遭受饥饿寒冻之苦。你的大恩大德，我铭记于心。”

说完，只听见草丛中传来悲痛欲绝的哭声，袁傪的眼眶也跟着湿润起来，他毫不犹豫地答应了李徵的请求。待哭声停歇后，李徵又恢复了以往自嘲的腔调，说：“说来讽刺，我拜托你的第一件事居然是记载我的诗歌，而不是帮助我的妻儿，这可真不是人能做的事啊。或许也正因如此，我才会变成老虎吧。

“还有，你办差归来后千万不要走这条路，因为我不确定那时候的我是否是清醒的，我害怕我认不出你而伤害你。此外，在这里别过后，你往前走一会儿会看见有一座小山丘，你可以登上山丘回头望一眼，当你看到我如今这可怕模样后，就不会再生出与我叙旧的念头了。”

袁傪对着草丛说了一些肺腑之言，与李徵郑重道别后，率领部下离去。哀痛的哭声从身后传来，袁傪几次回头望向草丛，但最终他们在眼泪中分别。

行至一段距离后，前方果不其然有一座山丘，袁傪等人爬上山丘后往回望去，只见一只凶猛的老虎从草丛中一跃而出，仰着脖子对快消散的月亮咆哮几声后，又跳进草丛，之后袁傪等人就再也看不见它的踪影了。

牛人

ぎゅうじん

鲁国士大夫叔孙豹，年轻的时候，为避开祸乱曾逃亡到齐国。在流亡途中，经过鲁国北部边境，在那里遇见一个十分漂亮的女人，叔孙豹顿时一见倾心，邀那女子共赴云雨。第二天一早，叔孙豹从美人怀里起来，二人惜惜作别一番后，叔孙豹骑上骏马向齐国奔去。不久，他就在齐国稳定下来，而且还成家立业，迎娶大夫国氏的女儿国姜，生了两个儿子。此时家庭美满的他早已将那个一见钟情的女子抛之脑后。

一天夜里，叔孙豹做了一个噩梦。梦里，他躺在床上，眼睁睁地看着屋顶一点一点往下坠，几乎没办法喘气。想逃跑，但却被困在床上无法动弹；想呼救，可是无论怎么嘶吼都发不出声音。眼看着屋顶越来越低，却不能逃跑不能呼救，叔孙豹只能绝望地等死。

正当屋顶马上就要落在叔孙豹的胸膛上让无法呼吸的时候，他忽然有了奇妙的感应，猛地侧头，看见一个男人正站在门边冷眼看他。此人长得奇形怪状，面如黑炭，嘴巴突出，身材佝偻，一眼望过去，竟像一头牛。不过此时的叔孙豹也顾不得这么多了，他喊道："牛啊，救我！"

听见叔孙豹的哀求后，那人动了，他走到床前，双手扶着屋顶向上抬，待屋顶离开叔孙豹的胸膛时，那人就腾出一只手轻抚叔孙豹的胸膛，替他顺气。叔孙豹劫后逃生，庆幸地叹道："得救了。"

说完这句话，叔孙豹就醒了过来。醒来后，他仍对梦里对他有救命之恩的牛人念念不忘。第二天，便召集所有仆人，一一看过去，都没有梦里的那个人。

几年后，听闻鲁国再遇政变，叔孙豹叮嘱家人后，便急匆匆回到故国。待他在故国稳定下来时，便想将远在齐国的妻儿接到鲁国。此时他的妻子已经与别人有染，不愿意去鲁国，倒是他的两个儿子，孟丙、仲壬拜别了母亲，投奔父亲去了。

有一天，叔孙豹的宅邸来了一个女人，女人提着一只鸡，说是来拜访叔孙豹。叔孙豹根本没想起这是谁，与她聊了一会儿后才发现，这是那晚与他春风一度的人。

让他吃惊的是，那晚之后，那个女人便有了孩子，更令他吃惊的是，那个孩子竟然长得和梦中的牛人一模一样。他不由惊呼："牛！"那名少年迷茫地抬起头望着他，眼神充满惊讶，仿佛震惊这个只有一面之缘的人为什么一副认识他的模样。叔孙豹看着少年惊讶的表情，更加肯定心中的猜测，他忙问道："你叫什么名字？"那位少年回答道："牛。"

叔孙豹留下这对母子，并且让少年当了家里的仆人。少年虽然相貌丑陋，但是颇有才华，年纪轻轻就将宅邸管理得井井有条。由于少年面貌若牛，因此"竖牛"这个名字陪伴了他的一生。竖牛面貌丑陋，看上去又十分阴郁，不喜欢和同龄人交流，所以一直以来都独来独往。但是叔孙豹十分喜欢他，所以等竖牛长大后，宅邸的大小事务都交给他管理。

竖牛面对不同人时有不同的面孔。当他面对长辈时，就会笑脸相迎。竖牛嘴巴突出，眼睛内凹，笑的时候显得分外滑稽，看起来十分淳厚，因此长辈对他印象颇好。而面对同龄人时，他经常横眉冷对，脸上不会浮现一丝笑意，看上去严肃又带点残忍，因此同伴们对他印象都不太好，对他十分忌惮。

叔孙豹虽然十分喜爱这个孩子，但是绝对不可能让这个孩子继承官爵。虽然竖牛可以将宅邸管理得井井有条，但是距离领导氏族还是相距甚远。竖牛也十分有自知之明，知道无法世袭官位，所以对待孟丙、仲壬十分殷勤。虽然竖牛十分得叔孙豹的喜爱，但是孟丙、仲壬二人对此却丝毫不嫉妒，他们瞧不起竖牛，自认为与他有鸿沟，就算得到父亲的宠爱也无法跨越。

日月更替，时光如梭，叔孙豹的身体随着年龄的增大逐渐衰竭，甚至一度卧床不起。在这期间，竖牛端药送饭，事无巨细地照顾他，因此叔孙豹经常让竖牛代发号令，处理各项事务。即使如此，竖牛对孟丙、仲壬的态度却越来越谦卑，丝毫没有因叔孙豹的宠爱而恃宠而骄。

在叔孙豹重病卧床之前，曾让人为孟丙建造一口大钟，希望在钟造好的时刻，孟丙可以借这个名义举办宴席，广招宾客，为以后继承爵位做准备。叔孙豹的良苦用心也向大家说明，孟丙将继承自己的家业。

现如今这口钟终于造好了，而叔孙豹却卧病在床，宴请宾客的日子迟迟定不下来。由于平时都是竖牛照顾叔孙豹，代为传达口信、处理事务，且除却紧急情况，竖牛之外的人都不能打扰叔孙豹休养，无奈之下，只好托竖牛去问问日期。

竖牛表面上恭敬答应，然而面对叔孙豹却什么也没问。他只在孙叔豹房间待了一会儿，出来后对孟丙随便说了个日子，并且郑重加上一句这是叔孙豹决定的。

到了指定的日子，孟丙敲响大钟，设宴招待群臣。躺在病床上的叔孙豹听到钟声颇为奇怪，问在旁伺候的竖牛外面是什么声音。竖牛回答道，是孟丙在敲钟招待客人。叔孙豹听了之后勃然大怒，想到自己还没有死，这个逆子就迫不及待敲钟继承家业。竖牛为了更加激怒叔孙豹，又添了一句：“齐国的重臣也在宴席中。”

竖牛深知叔孙豹对以前的妻子国姜十分憎恶，所以也厌恶齐国的一切。果不其然，当他听到有齐国重臣被宴请时，立刻有火从头上冒了出来。他想下床去教训孟丙，但是被竖牛紧紧抱住，劝他冷静，让他不要因为这些事情让身体变得更糟糕。

叔孙豹气得咬碎了牙齿，愤愤说道：“那就把这个逆子打进大牢，如果他还敢反抗，就杀了他！”

孟丙的命运就被这三言两语定了下来。孟丙和他的肱骨大臣在宴席上宾主尽欢，他还高高兴兴地送走了这些大臣。紧接着就被绑住杀害，尸体被随意扔在竹林里。

孟丙的弟弟仲壬和鲁昭公的一个近身侍卫关系颇好。有一天，仲壬进宫找这个侍卫，正巧被鲁昭公看见，便和仲壬聊了一会儿。见仲壬对他的问题对答如流，鲁昭公颇为高兴，就送了他一枚玉环。仲壬得到玉环后不敢立即佩戴，于是托竖牛问父亲的意见。显而易见，竖牛故伎重演，他接过玉环进了叔孙豹的房间，兀自待了一会儿，装作问过叔孙豹的样子，回来告诉仲壬说：“主上得知你深受王上喜爱非常高兴，让你马上佩戴那枚玉环。”仲壬听后，便将玉环佩戴上。

过了几天，竖牛装作不经意提起继承人的事，问道：“既然孟丙已经去了，为什么不立仲壬当继承人，让他尽早拜访王上呢？”

叔孙豹拒绝了，他觉得现在提立继承人的事还为时尚早。竖牛挑拨道：“可是，我看仲壬似乎已经有了这个想法。我听说他已经去拜过王上，王上还赐了他一枚玉环呢。”

叔孙豹本来不相信这件事，但是一听仲壬有王上赏赐的玉环，立刻让竖牛传仲壬前来，见仲壬果然佩戴着玉环，当他听仲壬说这是王上赏赐的玉环时，不由勃然大怒，怒斥仲壬狼子野心，任凭仲壬如何辩解，叔孙豹也充耳不闻，传令押送仲壬静闭思过。

仲壬见父亲如此霸道蛮横，想起死因不明的哥哥，连忙简单收拾了一下行李，连夜逃到齐国去了。

叔孙豹年事已高，到了不得不立继承人的时候了。长子死了，只有远在齐国的次子才有资格继承家业，于是他让竖牛派人去齐国，将仲壬召回来。竖牛并不是第一次阳奉阴违，他答应孙叔豹，恭恭敬敬退下，关上门后，方才一副谦卑的神情换成不屑。他当然不会差人去齐国请仲壬回来。过了几天，他向叔孙豹复命，说："我已经派人去齐国请仲壬回来，但是仲壬拒绝了，说父亲蛮横霸道，不讲道理，自己是绝对不可能回到鲁国的。"

知子莫如父，就算两人之间产生了隔阂，但是凭借叔孙豹对仲壬的了解，仲壬是说不出这种话的。他第一次对竖牛的话产生了怀疑，问道："你不是在欺骗我吧？"

竖牛听后挑眉，嘴角微微上扬，形成讽刺的表情，虽然稍纵即逝，但这一瞬间的表情还是被叔孙豹看到了。只听竖牛说："哦？我骗你？我为什么要骗你呢？"叔孙豹听完后怒了，回想起自己经历的所有不幸，发现自己不幸的开始都是这个男人带来的。

叔孙豹气急败坏，想要下床提剑杀了他，奈何身体孱弱，被竖牛轻易制服。竖牛轻而易举地将叔孙豹压制在床上，高高在上地俯视他，再也不屑于伪装内心的想法，第一次清晰地将不屑映在脸上。孙叔豹这才清楚知道竖牛的狼子野心，联想到被自己杀害的长子，因为自己逃回齐国的次子，他的眼泪止不住地往下淌。

叔孙豹不想坐以待毙，但是长久以来，他都只让竖牛靠近，所以房间内外都没有侍卫守着，就算叔孙豹拼尽全力嘶吼叫人，也没有人理他。直到这时他才明白，原来这是蓄意已久的阴谋，自己如今就像那蜘蛛网上挣扎的昆虫，案板上垂死的鱼，命数已尽。

自从这件事后，竖牛也不屑于把自己伪装成一个孝顺儿子了。第二天，仆人将叔孙豹的饭递给竖牛后自行离开。竖牛关上门，当着叔孙豹的面将饭吃完。叔孙豹瞪得目眦欲裂，但是丝毫没有办法。竖牛吃完后，一点儿都没有给叔孙豹剩下，然后将餐具递给仆人。仆人以为叔孙豹胃口变好，也没多问，鞠了一躬就离开了。这之后叔孙豹再怎么叫喊没吃饭，仆人也没有当真，还以为是他已经有些神志不清了。

有一次，家宰杜泄前来看望叔孙豹。叔孙豹趁此机会，将这几天的遭遇一字一句说给他听。因为这件事听上去非常离谱，并且杜泄知道叔孙豹有多器重竖牛，所以没有把他的话当真，再加上竖牛在一旁掩面叹气，杜泄更确定是叔孙豹神志不清的胡言乱语了。

叔孙豹急得掉下了眼泪，他伸出已经瘦得脱相的手，颤巍巍地指向垂挂在一旁的剑，说道："杀了他，快杀了他！"但是杜泄并没有理会，只是担忧地看着他。孙叔豹见杜泄无论如何都不相信自己，不禁悲从中来，竟然开始号啕大哭。杜泄皱了下眉头，看了眼竖牛，竖牛了然，起身送别他。看见杜泄远去的身影，竖牛露出意味深长的笑容。

最终，哭闹不停的叔孙豹终于睡了过去。梦里，他又看见熟悉的屋顶。他躺在床上无法动弹，感受到周围的空气越来越稀薄，周围很黑，只有一盏泛着微弱光芒的火烛在桌上跳跃。他注视着那盏灯很久，不知道看了一个时辰还是两个时辰，抑或是更久。通过这盏灯，他总觉得自己看到了远方的风景，他已经没有办法分辨现实和虚幻了。渐渐地，他感觉没办法呼吸，这时他才发现，屋顶已经快压到他的胸膛了。这让他一下就回忆起数年前那个噩梦带给他的恐惧，他侧头，发现一个长得像牛的男人正漠然地看着他。叔孙豹向那人求救，与上次不同的是，那个人来到床前并没有施救，而是冷眼看着屋顶往下压。此时，叔孙豹从这个人身上感受到了来自地狱的恶意，这种恶意让他害怕，甚至比死亡更可怕。终于，屋顶压碎了他的胸膛，梦也散了。

叔孙豹醒后还对竖牛散发出的恶意胆战心惊，他再也不敢与竖牛叫板，向他挥剑了。最终，仅仅断食三天，叔孙豹就去世了。

めいじんでん

在赵国邯郸，有个叫纪昌的人，立志要成为世界第一的弓箭手。于是他走遍了许多地方，拜访了许多人，想要找一位神射手当师傅。有一天，他打听到一个叫飞卫的人，说他箭术十分了得，飞卫称第二，就没有人敢称第一。于是，纪昌千里迢迢寻找飞卫，想拜他为师。

飞卫教的第一堂课，就是让学生们先掌握不眨眼的本领，之后再谈射箭。

纪昌回到家中，蹲在织布机旁，紧紧盯着来回穿梭的木梭子。他的妻子吓了一跳，连忙停下来询问，纪昌解释说需要练就不眨眼的功夫。就这样过了两年，纪昌看到飞快穿过的木梭子眼睛都不眨一下。不仅如此，就算火烧睫毛、夜里睡觉，他都能睁着双眼。纪昌觉得自己已经掌握了这项本领，连忙告诉师傅，飞卫只是淡淡地说道："仅仅做到不眨眼睛还是不能学习射箭，你还需要练就眼力，当你能够将小东西看得真真切切明明白白，如同巨物的时候，你再来找我。"

纪昌听后若有所思，他回家后拿出一件几天都没洗的衣服，从上面捉到一只跳蚤，再用发丝将它绑在床头边，就这么天天盯着看。他早也看晚也看，跳蚤还是那只跳蚤，不知道从什么时候开始，眼里的跳蚤似乎变大了，看着和蚕蛹一样。随着时间的流逝，他渐渐发现跳蚤的个头看上去竟然和牛一样大。纪昌连忙拿起弓箭，朝着跳蚤的心脏射去。只见尖锐的箭头带着划破空间的凌厉，一瞬间击穿跳蚤的心脏，但是系着跳蚤的头发却完好无损。纪昌兴奋地直拍大腿，大声说道：“我成功了！”然后兴高采烈地跑去拜见飞卫。飞卫知道后也十分高兴，不由得称赞道：“真不错！”

于是飞卫开始传授纪昌自己的绝学。因为纪昌花费五年的时间进行基础训练，他的底子非常扎实，所以飞卫传授的知识他很快就能明白。纪昌跟着飞卫学了十天，他就可以百步穿杨。当他学了二十天的时候，他的箭法不但准，而且稳。曾有人在肩头上放一杯装满水的杯子，纪昌在百步开外射箭，不仅射中了杯子，还没有让水洒出来。

一个月后，纪昌在飞卫的陪同下练习。他气势十足地射出第一支箭，箭矢正中靶心，他没有稍作停顿，紧接着就射出第二支箭，第二支箭直接射中第一支箭射出的凹槽，然后第三支、第四支，无不正中凹槽，就连飞卫也不由得大赞一声厉害。

两个月后的一天，纪昌和妻子大吵了一架。气急败坏的纪昌拿起乌号之弓[1]，搭上綦卫之箭[2]，朝妻子的眼睛射去。只见箭矢切断了妻子的睫毛，却没有伤害皮肤半分，甚至妻子毫无知觉，依旧不停责骂纪昌。由此可见，纪昌的箭术到了如何出神入化的地步。

纪昌的技艺已经到了炉火纯青、登峰造极的境界，飞卫已经没有什么东西教给他了。纪昌还在想着世界第一弓箭手的名号，只有打败师傅飞卫才能得到这个称号。于是他升起了一个念头——杀了飞卫。

---

[1] 乌号之弓是一把有名的弓箭，用桑柘木做成的，传说中是黄帝的弓箭，是黄帝飞升的时候不小心掉落到人间的。——编者注

[2] 綦、卫是生产箭柄的原材料毛竹的产地。——编者注

自从有了这个想法以后，他每天都像鬣狗一样暗中观察，只要飞卫露出破绽，就一箭取他性命。有一天，他在街上闲逛的时候，偶然遇到迎面走来的飞卫。飞卫还没有发现他，看上去也十分放松，显而易见这是纪昌梦寐以求的机会。他迅速拉弓向飞卫射去，说时迟那时快，就在弓箭脱离的一瞬间，飞卫敏锐地捕捉到了一丝杀气，他的目光一瞬间锁定在朝他飞来的箭矢，并且迅速举弓向那支箭射去。两人互相向着对方射箭，两支相向射出的弓箭碰撞出火花，互相劈开箭矢然后双双落地，这等精妙的箭法只有这两个人才能射出来。当飞卫还想取箭搭弓时，才惊觉箭筒空空如也，更糟糕的是，纪昌还有一支箭。窥伺已久的纪昌当然不会放过这个机会，他用尽全身力气朝飞卫射出强劲的一箭，眼看着箭矢直指自己，飞卫情急之下折断旁边的树枝，用树枝尖轻拨箭头，硬生生让朝自己射来的笔直弓箭换了个方向。

纪昌见此，意识到自己可能一生都无法杀掉飞卫成为世界第一，内心突然涌出一股弑师的虚妄愧疚。其实我们也不必用现在的道德标准批判这个人有多么虚伪，因为在他生活的那个年代，经常会有不符合现代价值观的故事。举个例子，老饕齐桓公为了美食费了不少功夫，一名厨师为了讨齐桓公的欢心，竟然将自己的儿子煮了，送给齐桓公品尝。统一六国闻名千古的秦始皇，少年丧父，在父亲去世的当天夜里，十六岁的秦始皇竟然多次去先皇宠爱的小妾寝宫里。可见那个时代的道德与现代有很大的不同，我们也无须咬牙切齿地责骂纪昌虚妄的愧疚。

而刚脱险的飞卫，竟然沉浸在技术高超的满足感里，没有空闲的心情去怨愤，反而大方接受纪昌的拥抱，两个大男人就在空旷的土地上放声大哭，仿佛他们还是关系颇好的师生。

飞卫虽然不怨恨徒弟，但也起了提防之心。与其让纪昌天天琢磨着成为世界第一，难免再生弑师的念头，不如让他换个新的目标，分散他的注意力。于是他拍拍纪昌的肩膀说：“说实在的，我现在已经没有什么东西可以教给你了，不过呢，如果你还想继续在这条路上探索下去，你需要得到甘蝇大师的指点。大师的箭术才是出神入化，你我与他相比，不过是萤火对明月，不值一提。”

这番话刺痛了纪昌的自尊心，同时也轻易转移了他的注意力，他迫不及待地问：“在哪里可以找到这位高人呢？”

飞卫回复道：“你要一路西行，登上太行山，登上霍山山顶就能看见一座小屋，甘蝇大师就住在那里。”

纪昌听后没有一丝犹豫，立刻收拾行囊向西出发。一路上遭遇了各种坎坷，脚底破了，膝盖伤了，但是他都没有停下来，一决胜负的渴望让他忘记了伤痛。凭借着坚定的意志，他终于到了山顶。他本以为会看见气势如虹的大师，没想到站在他面前的是慈眉善目、行就将木的老人。

见老人年事已高，想着他肯定有些耳背，于是纪昌放开嗓子，在他耳边大声吼道：“我是来找你挑战的！”说完后，纪昌也不等老人回答，自顾自举起杨干麻筋之弓，搭石碣之矢，嗖的一下，箭矢飞快射出，射穿恰好飞过的一群大雁，略微一数，竟然射穿五只大雁。

纪昌得意地看向老人，只见老人面不改色，只是说了一句：“还不错，但这是借助工具的射击，而不是完全不借助外物的射击。”

见纪昌一脸不服气，老人就带着他来到悬崖边上。纪昌往下望去，不由冷汗淋漓。老人跳到悬崖的另一块突起的石头上，说道：“你可以在这里把刚才的本领再展示一遍吗？”

纪昌虽然害怕，但不愿意在老人面前露怯。他举起弓，搭好箭，刚要射击，就看见脚边的一颗小石头滚落下去，久久都听不见回响。等回过神来，他已经趴在石头上发抖了。

老人笑着扶纪昌下来，说道："让你见识见识，什么叫做射击。"

虽然纪昌被吓得心惊肉跳，但他还是有清醒的意识。他分明没有看见老人带弓箭，怎么射击呢？于是他问道："您的弓箭呢？"

老人笑道："弓？如果我需要弓箭，那么本质上还是需要借助外物射击。对我来说，无论是乌漆之弓[1]还是肃慎之弓[2]用处都不大。"

恰好在这个时候，天空中盘旋着一只老鹰，这只老鹰离他们极远，抬头看去不过像一个黑点那么大。老人紧紧盯着那只老鹰，身上散发出的气势仿佛凝成一张弓箭，接着用意念拉开弓射出箭，那只如黑点一般的老鹰就直扑扑地坠落下来。

看到这个场景，纪昌不由自主地开始发抖，仿佛自己窥见了天机。就这样，纪昌顺理成章地留在老人身边修行，至于修行的内容我们却不得而知。

九年如弹指一挥间，纪昌学成归来后，身上散发的气势发生了翻天覆地的变化，从前锋芒毕露争强好胜的霸道气势，转变成不为物动、大智若愚的温和平缓的气势。当他拜访以前的恩师飞卫时，飞卫不由得感慨道："如今你才是世界第一弓箭手，我已经不配和你相提并论了。"

听说天下第一高手学成归来后，百姓纷纷涌到城门前迎接纪昌，他们想一睹第一高手的风采，想见识第一高手的技艺。

但是纪昌并没有如百姓所愿展现他的高超技艺。有人发现以前弓箭不离手的纪昌如今两手空空，有人问他作为世界第一的弓箭手为什么不随

---

[1] 乌漆之弓是一把天下闻名的弓箭，通体是黑漆涂染。——编者注

[2] 肃慎是一个游牧民族，曾向周王献过出名的箭矢。——编者注

身携带弓箭，纪昌只是随意回应："最好的需要是没有需要，最高的作为是没有作为，同样的道理，最好的射击是没有射击。"

百姓听了纪昌的回复后立刻懂了，他们本来就很敬仰纪昌，因为这番回答，他在百姓的心中宛如神明。

一时间，各种关于纪昌的传闻越来越多，有人说，纪昌射箭技术之所以出神入化，是因为他体内有射箭之神。每到半夜三更的时候，射击之神都会暂时离开纪昌的身体，站在屋顶上射击妖魔鬼怪，保护纪昌百邪不侵，所以纪昌房顶上经常发出拉弓射箭的声音。

有一位商人称自己亲眼看见纪昌踩着祥云，举着弓箭，与后羿、养由基[1]一决高下，还没等仔细看，这三个人就在星空中隐去踪迹了。

甚至有小偷说道，自己曾试着潜入纪昌家里准备行窃，一只脚刚跨过围墙的时候，一道凌厉的杀气就击中自己，害得他直接从高高的围墙上跌落下来。从那之后，为非作歹的人都不敢经过这里，就连飞鸟也会避开这里。

活在百姓故事里的纪昌年事已高，他早就没有射箭的欲望了，渐渐地进入忘我的境界。他的话变得和他的头发一样少，呼吸也越来越轻。他说，这世上没有你我之分，也没有是非对错之分。眼睛就像耳朵一样，耳朵就像鼻子一样，鼻子就像嘴巴一样。

学成归来四十年后，纪昌驾鹤西归。这四十年里，他一次都没有提过关于弓箭的话题，一次都没有触碰过弓箭。作为本文作者，我非常想分享老人最后的故事，但是最终，考虑到史实，还是不了了之。不过史书上

---

[1] 养由基，嬴姓养氏，字叔，名由基，养国人。是春秋时期楚国将领、神射手。——编者注

还记载着纪昌暮年的故事，这里做一个简单的分享。

在纪昌去世前的一两年，有一天，他到朋友家做客，看见墙上挂了一副弓箭，只觉得非常眼熟但就是想不起名字。于是他指着那副弓箭问朋友这是什么，刚开始朋友以为他在开玩笑，并没有回答他。等纪昌再三询问后，朋友才反应过来，纪昌是真的不知道弓箭的名字。朋友手足无措，惊恐道："您作为第一高手，竟然连弓也忘了吗？"

自那以后，许多人纷纷效仿纪昌，画师作画不用笔，乐师演奏不用琴，就连工匠也视用尺子丈量器材为屈辱。

盈虚

えいきよ

卫灵公在位已经三十九年了。这一年，他派遣太子蒯聩出使齐国。在经过宋国的时候，蒯聩被一首歌吸引住，歌词大意是：我们已经把母猪送给你了，为什么还不把公猪还给我们啊？

蒯聩听到这首歌十分不适，因为他联想到了一件事。如今，卫国的王后并不是太子蒯聩的亲生母亲，而是嫁到卫国的宋国公主，现在被称为南子夫人。南子夫人不仅花容月貌，还很有才华，嫁到卫国后理所应当地得到了卫灵公的盛宠。凭借卫灵公的宠爱与信任，南子夫人提出让宋国公子朝来卫国做大夫，卫灵公同意了。

世人皆知，南子夫人在嫁人前就荒淫无度，公子朝也是她的裙下之臣。待公子朝来到卫国后，两人旧情复燃，整天厮混，丝毫不在意别人的眼光。这农夫歌里唱的，就是南子和公子朝。

太子回国后，和侍卫戏阳商讨关于刺杀南子夫人的事。翌日，蒯聩如常拜见南子夫人，瞥见戏阳正躲在帷幕下。趁着和南子夫人交谈的时候，蒯聩不动声色地暗示戏阳，可戏阳并未从帷幕下跳出来刺杀南子夫人。蒯聩皱眉，心里嘀咕着难道戏阳心生胆怯，不敢行动。但他还是继续暗示戏阳。南子夫人注意到蒯聩奇怪的动作，顺着他的目光向后看去，只见帷幕下站着一个手持匕首的刺客。

南子夫人慌忙站起来，一边尖叫一边向外逃。卫灵公听到这边的动静后立刻跑过来，抱住南子夫人轻声安抚她。南子夫人惊恐叫道："太子想杀了我！太子想杀了我！"

听闻此言，卫灵公立刻派兵去逮捕太子，然而此时太子已经趁乱逃跑。一路上，蒯聩见人就抱怨，自己辛辛苦苦设下的陷阱，只差一步就可以刺杀南子夫人了，就因为刺客临阵脱逃，才导致满盘皆输。

与此同时，同为逃亡者的戏阳在听到这番话时反驳道："天下哪儿有这样的道理？明明是太子威胁我刺杀南子夫人，一旦刺杀成功，蒯聩必定会将过错都推到我身上。所以我答应刺杀南子夫人本就是为了保命的无奈之举。"

此时晋国某处发生一起暴乱，叛乱者背后有齐、卫两国的怂恿，导致晋国平叛十分困难。蒯聩来到晋国后，住在股肱之臣赵简子家里，并且受到贵客的礼遇。赵简子之所以这么礼貌地对待太子，是因为他想借蒯聩来威胁卫国。

虽然在晋国生活得不错，但终究远在他乡，心中难免泛起乡愁。在晋国颇为无趣地过了三年后，蒯聩听到了父亲去世的消息。

他还听说，因为朝内无太子，卫灵公只能将蒯聩的儿子辄扶上王位。蒯聩想到自己离开前，那个被留在卫国的孩子，不由笑出来。三年前那孩子还稚气未脱，如何能担得起一国之君的责任呢？看来是时候回国继承王位了。

于是蒯聩率领从赵简子那里借来的军队，雄赳赳气昂昂地返回卫国。然而，当他们刚踏上戚地的土地时，就被当地军队拦住，命令他们不准再往前一步。蒯聩还是靠回国吊丧的理由，获得当地百姓同情后，才能暂时停在戚地。卫国的军队丝毫没有软化的迹象，蒯聩别无他法，只好在这个远离城邦的地方等待机会，哪里想到这一等就是十三年。

他觉得，曾经敬爱父亲的儿子辄变了，变得贪婪自私。现在的辄已经不再是当年跟在自己身后团团转的孩子了，一心想的只有王位，成了不惜一切办法阻挠父亲回国的卫侯。当年与自己交好的士大夫也没有一个人向他伸出援手。自己在外孤苦伶仃，远在城邦中心的儿子卫侯和辅佐卫侯的姐夫孔叔圉倒是过得十分自在。

在这贫穷的地方，蒯聩日复一日，年复一年地看着黄河，从皮白肉嫩的富贵公子变成饱经风霜、尖酸刻薄的中年人。

对他而言，唯一的慰藉就是儿子公子疾。公子疾听说父亲在戚地，就和母亲马不停蹄地来到戚地，和父亲一起生活。对此，蒯聩十分感动，甚至发誓，如果有朝一日自己能大权在握，一定要让公子疾当太子。

在漫长的充满抑郁的岁月里，蒯聩喜欢上斗鸡。他喜欢气宇轩昂的公鸡，追求斗鸡带来的刺激，就算生活拮据，他也能抠出不少钱来买斗鸡，给斗鸡修建豪华鸡舍。

蒯聩的处境一直到姐夫孔叔圉去世后才慢慢好转。究其原因，是姐姐伯姬架空了儿子孔悝的继承权，疼爱弟弟的姐姐自然迫不及待地想改变弟弟的处境。姐姐的情人浑良夫成了使者，常常在都城和戚地来往，久而久之，蒯聩觉得此人可信，对他承诺："如果我登基为王，我就册封你为士大夫，并且享有三次免罪机会。"于是浑良夫就成了蒯聩的谋臣。

周敬王四十年，蒯聩扮成女人，瞒过众人耳目，来到孔宅，联合姐姐伯姬和浑良夫，胁迫孔悝协助自己，并发起政变。卫侯见大势已去，立刻逃出卫国，蒯聩就顺理成章地坐上了心心念的王位。

蒯聩登上王位后，号称卫庄公。他当上王的第一件事既不是外交，也不是调整政策让百姓的生活变得更好，而是报仇。这些年的挫折早已将他折磨得面目全非，如今一朝得势，他最想做的事就是报仇。曾经污蔑过自己的处以极刑，没有帮助过自己的，必然得不到重用。一时间，朝内唉声叹气，怨声载道，气氛十分压抑。

流亡的这些年，庄公做梦都想用酷刑折磨南子夫人，然而南子在他即位前就已经去世，于是他将目光对准了朝内大臣。对没有帮助过自己的大臣说道："这些年来，我流浪在外受尽苦头，我也真希望你们也尝尝这份苦楚。"因为这番话，导致不少士大夫罢官逃亡到其他国家去了。

虽然庄公对姐姐伯姬和外甥孔悝很好，但还是有所忌惮。于是，在月黑风高的晚上，他故意把这两个人灌醉。见他们不省人事后，派侍卫把他们拉进马车，连夜送出国外。

庄公宣泄完内心的仇恨后，便到各地搜罗美女，开始了荒淫无度的日子，没有做过一天称职的君王。后来，他立公子疾为太子，了却多年前的愿望。或许是在苦难中长大，见识过人情冷暖，公子疾稍显刻薄，加上父亲毫无底线的溺爱，使得他稍不顺心就顶撞父亲，而庄公却一次次忍耐纵容。

一天夜里，浑良夫在庄公寝殿内说到国宝被辄洗劫一空，需要想办法让辄归还国宝。浑良夫命令仆人退下，悄悄对着庄公的耳边说："以前你不喜欢辄是因为他越过你直接当了王，如今你是王，不如把辄召回来，让他和公子疾比试一下谁更能胜任太子。如果辄无能，再让他留下国宝，重新流放出去也不迟。"

这殿内应该有太子的耳目，浑良夫的话被公子疾知道了。公子疾当场发怒，立即带着侍卫冲到庄公寝殿，逼迫庄公发誓只有他一个太子，并且要求庄公杀掉浑良夫。庄公有些犹豫，结结巴巴地说："可是，我已经承诺过，浑良夫有三次赦免死罪的机会。”

太子问道：“这么说，如果他三次机会用完，第四次犯了死罪的话，我就可以杀掉他吗？”

庄公被太子的气势压得喘不过气，他不敢反驳，只能怯懦地回答一句是。

第二年春天，庄公在郊外的庭院里开设宴会，邀请朝廷大臣参加，浑良夫也在其中。这天，浑良夫穿了一件狐皮大衣，身披长剑就落了座。宴会进行到一半时，浑良夫觉得太热，就脱下皮衣。谁曾想这时太子突然发难，拽着浑良夫就往外走，口中大喊道：“你恃宠而骄，胡作非为，今天我就要杀了你！”

浑良夫哀求地看向庄公，说：“庄公曾许诺赦免我三次死罪，就算我刚才犯了死罪，太子也不能杀我！”

太子冷哼一声，说道：“你以为你还有三次机会吗？今天我就来数一数你的罪过。其一，你今天穿的颜色是紫色，而紫色只有国君才能穿；其二，你乘坐的马车是只有天子和上卿才能乘坐的两骊马车；其三，你在宴会内脱衣服，吃饭时不把剑放外面。”

浑良夫说：“即使如此，也只有三件，你还是不能杀我！”

太子回答道：“还有一件事，那天晚上，你屏退下人，对父王说的话可还记得？你说，离间君主与太子的关系该不该杀？”

说完，太子便毫不留情地挥剑，浑良夫应声倒去。庄公一脸木然，怔怔地看着这一切，并没有阻止。

有一天，晋国派来使者拜访庄公，带来口信：“当初庄公能回到卫国，可是借助了晋国不少力量。你承诺回到卫国，登上王位后，会报答晋国，可你登上王位已久，仍然没有动静，是遇到了什么困难吗？”

晋国高高在上的态度，深深刺痛了庄公的自尊，仿佛在这一瞬间回到了以前看人眼色的日子。他只好敷衍回复道：“如今国内战乱不断，我现在分身乏术，所以没有及时回访晋国，十分抱歉。”

然而他没想到的是，他刚把这口信带给晋国，太子的口信也随即带到了晋国。为了尽快坐上王位，太子不惜诋毁父亲，口信是这样的：父亲是觉得晋国高高在上，才故意拖着不去回访晋国，请你们不要受骗。

赵简子一听太子的口信，就明白这位太子是想借助晋国的力量将他父亲赶下来，以便自己能顺理成章登上王位。虽然赵简子对太子的做法很不屑，但他也明白庄公是个忘恩负义的小人，所以决定报复庄公。

在一个深秋的夜里，庄公做了一个十分离奇的梦，他梦见自己游荡在荒凉的旷野，旷野中央还搭了一个戏台。只见戏台上有个男人，咿咿呀呀地唱着什么。庄公侧耳细听，才发现他唱的是：“若非晋国的协助，怎么会有如今的庄公？”庄公听见这句戏文后就不想听下去，没想到唱戏的男人突然变成浑良夫的样子，凄惨地吼道：“我有什么罪！”

庄公醒来后，认为这是上天给自己的预警，于是让算命先生给自己算了一卦。他不懂卦象，但明白显示的是不好的寓意，庄公不但没有改过自新，反而想趁着灾难来临前，肆无忌惮地挥霍，于是他的荒唐行为比以前还变本加厉。

有一天，庄公看到一处肮脏的地方，侍卫解释后才知道这是戎人居住的贫民窟。庄公嫌这个地方碍眼，命人拆除这里，并且将这群戎人赶出卫国。

又有一天，他在戎人队伍中看见一个拥有一头秀发的女人，忽然想起自己美丽的小妾如果拥有这秀发该多好。于是打算剪掉这个女人的头发，给小妾做发髻。

女人的丈夫己氏，看见被剪掉头发的妻子后，立刻揭下自己的披风裹住妻子的头。他对着城池上的庄公怒目而视，无论怎么鞭打，他都无动于衷。

到了冬天，在晋国的支持下，卫国大夫石圃举兵造反。庄公紧闭城门，登上城楼，试图讲和。讲和失败后，庄公只好仓皇出逃。他出逃的时候，除了公子和仆人，他还带着心爱的斗鸡。在逃亡中，庄公不慎扭伤了脚，在仆人的搀扶下，他才能一瘸一拐地走到宋国。

走了很久，看着夜空中的月亮变成不祥的血红色，这让庄公十分不快。正当他感春伤秋时，不知道从哪儿窜出几个身手矫健的人，轻而易举地杀了仆人和公子。幸而太子藏得早没有被这群刺客发现。待确认安全后，躲在草丛中的庄公才敢出来，由于脚伤，他只能匍匐前进。

不知过了多久，他终于看到有一户人家。当他爬到门口时，被里面的主人拖了进去，喂了口水。正当庄公以为活过来的时候，就听见一个男人说："总算等到你了。"

见庄公不解，男人让妻子过来。见到女人的光头，庄公才想起来，这是当初被自己强行剪掉头发的女人和她的丈夫己氏。

见男人满身杀意，庄公拿出一块美玉，慌忙说："别杀我，作为交换这个给你。"

己氏不屑地一笑，挥刀砍向他，说道："杀了你，这玉也会是我的。"

这就是蒯聩的一生。

きつねつき

奈乌里部落流传着一个说法，说是夏克招惹到不干净的东西，导致经常有不同的灵魂附着到夏克的身体里。像什么狼呀，鹰啊，水獭呀，各种各样的灵魂进入夏克的身体后，借助夏克的嘴，说出一些匪夷所思的话。

同为斯基泰人，这支部落显得有些与众不同。他们将家园建在水上，目的是躲避野兽的突然袭击。那时候还没有填海的技术，古老的土著人用几千根木桩钉入浅滩，在木桩上面铺上木板，他们就在木板上建造房屋。水上的生活并不比陆地上的麻烦，他们可以捕鱼、编织，甚至还可以划着独木舟去追赶水獭。他们的食物比较丰富，在他们的餐桌上，盘子里装着的是羊肉、马肉、木莓和菱角，杯子里盛着的是马奶或马奶酒。说起马奶，也是当地的特色饮料。奈乌里部落的人对挤马奶这件事很有一套，他们使用的是沿古至今的办法，这种方法能又快又好地挤马奶。这个办法就是在母马的肚子里插上一根用兽骨做的管子，然后使劲向管子里吹气，这样就可以让马奶流出。

奈乌里部落的人过得简单知足，而本篇故事的主人公夏克，曾经也是奈乌里部落一个平平无奇的人。但是在弟弟得克死了之后，夏克就变得有些奇怪了。

得克死于去年春天。那时，奈乌里部落的安宁被北方游牧民族的铁蹄碾压得支离破碎，村民们奋起反抗，奈何不敌常年肆虐横行如蝗虫般的游牧民族，无奈之下他们逃回水上的家园，切断桥梁，不断向试图过河的侵略者射箭投石。

习惯陆地上作战的游牧民族不得不放弃屠杀，他们如龙卷风一样，卷尽财宝后迅速离开，留下一片狼藉和几具残缺的尸体。尸体的头颅和右手都被砍掉了，因为这群残忍的游牧民族要用头颅做杯子，右手剥皮做手套。

当夏克在一堆尸体中看见熟悉的衣服时，整个人直愣愣地呆立在那里。他没有大哭大叫，整个人看上去过于平静，就连和他在一起的村民都觉得他的表情不像是刚死了弟弟那样悲哀。

万万没想到，自那不久后，夏克就开始说一些莫名其妙的话。虽然村民听不懂夏克说的是什么，但夏克怨愤哀痛的语气，像极了被活活剥皮的猛兽哀嚎。一时间夏克的自言自语在村里传得沸沸扬扬，大家议论纷纷。众人一致认为那是他弟弟的右手在借夏克的身体说话。

过了几天，夏克又开始自言自语，不过这一次大家听懂了。附在夏克身上的亡灵开始哀叹自己命运的不济，哭诉正值青春的自己却遭马匪的虐杀。通过自言自语的内容，村民猜测这次附在夏克身上的亡灵正是他的弟弟。

虽然亡灵附在夏克身上讲故事让人惊讶，不过村民们也不觉得有多难以接受，毕竟那是夏克的血亲，但当夏克被其他亡灵附身的时候，村民们才觉得不可思议了。虽然这个村子里也有过不少奇闻逸事，但是夏克被亡灵附身这件事，是绝无仅有的稀奇事。

不同生物的灵魂都附身在夏克的身体中讲述自己的所见所闻。比如鲤鱼用夏克的嘴讲述自己在湖底里的喜怒哀乐；山上的老鹰借用夏克的嘴描述从高空俯瞰这座村落的景色；草原的母狼借用夏克的嘴，讲述自己在寒冬夜里忍受着饥饿，一步一步穿越冰川的辛酸故事。

村民们从来没有听过这么多有趣的故事，于是纷纷跑来听夏克的胡言乱语。渐渐地，夏克越来越出名。俗话说，人怕出名猪怕壮，树大总会招来风，有人开始怀疑这不过是夏克的一场骗局，怀疑夏克从来没有被灵体附身，他口中的故事不过是自己编造的谎言。众人听了这个猜测之后，纷纷开始附和。

其实夏克也不知道，发生在自己身上奇妙事件的原理是什么，他也清楚意识到自己与普通中邪的人不太一样，但是他又没有办法解释这是什么，于是他只好暂时将这奇妙事件归为中邪。

最开始，夏克是因为无法接受弟弟的惨死，一时间怔愣在那里，却在脑海里不断描绘弟弟被砍掉的头颅与右手，心中的愤怒不知道为什么就化成奇妙的语言脱口而出。虽然他不是故意的，但不可否认的是，当原本就爱幻想的夏克，能够通过讲述不同的故事呈现出内心所想的时候，他感到十分快乐。

随着听众的增多，夏克也开始讲述越来越多的故事。当他看见这群听众的脸上，随着故事情节的发展而变化时，他就从心底生出来一种无可替代的愉悦感。奇怪的是，随着故事的深入，这些本应在幻想的景象，却在脑海里越发清晰。夏克对这种变化感到很惊讶，他猜测这是生灵附体的影响。

虽然大家都觉得夏克的故事是编造的，但并不妨碍他们喜欢这些故事。所以夏克的听众并没有因此减少，反而越来越多。他们的生活单调无聊，听夏克讲故事成了他们打发时间的娱乐活动。夏克讲故事的场所是不固定的，有时候坐在树荫下的礁石上讲故事，有时候就坐在家门口的小板凳上讲故事，年轻人们围成一团静静听着。

见青年们如此沉迷夏克的故事，以至于不思进取不愿劳作，村里最有发言权的长老坐不住了，他判定夏克是违背自然的不祥之物，毕竟这么多年来，村子从来没有出现过如此奇怪的中邪现象，不仅被亡灵附身，还总爱胡言乱语。他认为夏克的胡言乱语蛊惑了年轻人，导致他们不思进取，不愿劳作，长此以往，这群年轻人就会沦为废物，导致这个部落成为荒废之地。这位长老的发言获得其他长老的支持，接着他们开始讨论惩罚夏克的措施。

反观夏克，他发现动物的故事已经没有办法满足听众的时候，他开始讲述人类的故事。他讲痴男怨女的故事，讲性格古怪的老太太的故事，讲在外摆威风在家伏低做小的男人的故事。当他讲到一个秃顶老头不自量力与年轻帅小伙一同追求美丽女孩儿惨遭嫌弃的故事时，台下发出一阵哄笑，夏克细问之下才知道，那个最权威的长老在前不久就做过和故事里秃老头一模一样的事儿。

长老知道这个故事后肺都快气炸了，他马不停蹄地制定了一项能慢慢侵蚀夏克的计划，正愁计划缺少执行者的时候，有个男人加入了，因为他认为夏克的故事在讽刺他，所以他不能放过任何一个能对夏克造成伤害的机会。

长老深谙水能载舟亦能覆舟的道理，所以他打算从夏克的听众下手。他召集这群年轻人，数落夏克从不参加劳动却能轻而易举享受劳动成果的无耻行为。夏克作为部落的一员，却从来不跟随部落去森林砍树，去湖边钓鱼。他让这群年轻人回想一下，是否在冬天之后，看见过夏克劳作。在场的人面面相觑，鸦雀无声。

村民们听了长老的话以后，觉得很有道理。夏克已经很久都没有劳作了，但是每到冬天分物资的时候，由于实在是喜欢听他的故事，只好心不甘情不愿地将过冬的物资分给夏克。这么一想，村民对夏克心里生出一丝丝怨气。

在这个凛冽的冬天里，人们裹着厚厚的皮毛，围着篝火喝酒，等春风吹化了积雪，吹绿了枝丫，人们又开始劳作了。

夏克也来到了田野上，然而他眼神木木的，没有之前讲故事时的光彩。当村民让他讲故事的时候，他也只会重复说以前的旧故事，即使如此，也没有以前讲得生动有趣。村民们见状纷纷不满，恨自己为什么把冬天的物资分给这个好吃懒做的人。

夏克讲不出故事，也被养得好逸恶劳，他什么也不做，就天天望着天空发呆。这引起许多村民代表的不满，长老见夏克引起了怨愤，心道是时间处置夏克了。几位长老聚集在一起商讨如何惩罚夏克，没有一个人愿意为夏克辩护。

恰逢此时是雷雨季，这个部落的人很怕打雷，他们认为雷声是独眼巨人发出的诅咒声和怒吼声。长老就借此胡言乱语，说之所以这段时间频繁打雷，是因为夏克是不祥的征兆。在村民的支持下，夏克的命运被决定了，他要被挂在湖边一棵树上，如果打了三次以上的雷，他就要被处死。那天，大家对打雷数意见不一，唯一相同的是，没有人说打了三声以下的雷。

第二天晚上，村民们围在一起开宴会。他们围坐在篝火旁喝酒，篝火上架着一口锅，锅里的肉不停翻滚着。里面有马肉、羊肉，还有夏克的肉。吃人肉在这个部落是一件很普通的事情，毕竟在这个部落中，贫穷刻在了他们的骨子里，只要不是病死的人，对他们来说这些都是肉。

曾经夏克最忠诚的听众，此刻也在津津有味地吃着夏克的肉。长老挑出一根夏克的腿骨，狼吞虎咽地啃完上面的肉之后，把骨头扔进了湖里。

从此，没有人知道，在荷马之前，还有个诗人，不过这个诗人葬在了这群听众的肚子里。

弟子

一

仲由，字子路，来自鲁国卞邑。子路年轻的时候，是一位心性高傲的游侠。有一天，他听说陬人孔丘是颇具盛名的老师，决定要好好羞辱他一番。

他刻意没有梳洗打扮，看上去头发乱糟糟的，胡子也没有刮，戴在头发上的玉冠也歪垂着，腰上随意系了一条短裙，左手提着一只公鸡，右手牵着一头公猪，出门前怒吼一声："我倒要看看，那个假冒圣贤的人到底有什么厉害的地方！"

他来势汹汹，手里提着的公鸡与牵着的公猪发出嘈杂的声音，在琅琅读书声中显得格外刺耳。在刺耳的公鸡打鸣声与公猪哼唧声中，一脸愤愤不平的青年自顾自跳进室内，与衣冠整齐、温文尔雅的孔丘开始问答。

孔丘问道："你喜欢什么呢？"

子路挺胸，豪放回复道："我喜欢长剑！"

孔丘忍不住笑了出来，虽然青年的语气和态度满是自负，但是他长得浓眉大眼，看上去稚气未脱，莫名地招人喜欢。

孔丘继续问道："想过学习吗？"

子路就等着孔丘问这一句话，他气沉丹田，颇具气势吼出来："学习又有什么好处呢？"

听见子路质疑学习无用时，孔丘明白只微笑是不行的，于是他开始劝学，和子路讲解学习的作用。他说作为君主如果没有规劝过失的臣下就会失去正直的品性，作为有地位的人如果没有给予教诲的朋友就会失去正确视听的能力。木材打上墨线，才能加工成端直的材料，驱赶狂马的人不能放下鞭子，使用弓弩的人不能扔掉正弓的工具。同理，人也需要通过学习来约束放纵的性情。玉不雕不成器，人不琢不知道，只有通过学习的打磨，才能成为人才。

只看后世流传孔丘劝学的只言片语中，就能深刻体会到他是一位多么高明的辩才。他劝学的内容不仅有理有据，就连语调也此起彼伏抑扬顿挫，使得子路收敛起狂妄的态度，作出洗耳恭听的谦逊姿态聆听教诲。

“我依旧有疑问，”子路说道，“南山竹就算没有通过加工也生得笔直，砍断后如果用来做武器的话，还可以刺破扎实的牛皮。这样看来，是不是说明只要天资足够高，就算不学习也一样厉害呢？”

孔丘微微一笑，轻而易举借用子路举的例子反驳这种观点：“正如你所说，南山竹就算不需要加工也能成为刺破牛皮的厉害武器。那么，如果在南山竹上装上箭头，再加以打造的话，这南山竹的威力是不是就不只是穿破区区牛皮呢？”

子路听后哑口无言，他红着脸站在孔丘面前，为之前的狂妄自傲感到羞愧。他细细咀嚼孔子的话，稍一思索，就扔下手里的家禽，端正行礼道：“谨遵教诲。”

实际上，当他拎着家禽来到这个地方，看到孔子第一眼，听他说的第一句话时，子路就觉得这些家禽配不上这个地方，自己在孔子面前显得如此渺小。

从那天开始，子路就拜孔子为师了。

二

子路从来没有见过像孔子这样的人。他见过能举起千斤的大力士，听说过对千里之外都了如指掌的智者，却从来没见过孔子这样看似平淡实则精彩的人。孔子没有举起千斤的神力，也没有对千里之外明察秋毫的能力，但是他可以在每个微小的地方表现出精彩，他做的每件小事都体现出他的观念，他只要站在那里，就是一个宇宙。

子路时长惊叹于孔子的豁达，作为儒学布道者，竟然没有一丝酸腐气息，和自己平时见过的老学究完全不同，他的直觉告诉他，造就孔子豁达心境的，是以往受过的苦难。说来好笑，自己平时引以为傲的武功，也是孔子更胜一筹，不过孔子从来不会借此炫耀。具有高深的学问、豁达的心境、高强的武功为一体的孔子，使得子路对他敬佩得五体投地。除了这些，孔子还具有敏锐的观察力与共情力，无论是高贵的士族还是低贱的无赖，他都能看穿他们的内心，让人不得不怀疑他是否也经历过类似的人生。就算遭受过苦难，内心的理想也依旧崇高，如此心性，让子路不由打心里佩服。

子路彻底折服在孔子门下，在他看来，孔子是近乎神明的人。无论是从伦理角度看，还是从世俗标准看，都挑不出孔子的一根刺。子路以前遇见过的人，都只是在相对领域中有价值，但孔子不同，孔子无论身处什么环境，都是有价值的，都是完美的。与孔子相处不到一个月，孔子就成为子路的精神支柱。

正因如此，在此后孔子困苦的流浪生活中，只有子路是心甘情愿跟着孔子的。和其他拜入孔子门下的弟子不同，他一不是为了踏上仕途，二不是求学修德，仅仅是单纯将孔子作为精神支柱离不开他，就像自己手不离剑罢了。

那个时候，孔子不到四十岁，子路也刚过而立之年。虽然年龄相差不大，子路却感受到二人之间存在无法跨越的沟壑。

对孔子而言，自己也头疼这个桀骜不驯与众不同的弟子。如果仅仅是重武轻文的话，他也不会感到棘手，毕竟收的弟子中也有不少是这样的。但是如此看不起文化的，子路实属是第一人。不过，孔子并没有放弃教化子路，他认为要想改变子路的德行，需要教他讲“礼”。他每次都会和子路讲，所谓礼，仅仅说的是玉器和丝帛吗？所谓乐，仅仅说的是钟鼓等乐器吗？每当子路听孔子讲这些时，还颇为起劲，一旦听到开始讲授细节时，他就开始不耐烦，眼神中写着厌倦二字。面对子路如此反感礼乐的态度，孔子教化起来也是异常困难。

于子路而言，学习礼乐是一件非常困难的事，他骨子里十分厌恶这些形式主义，要想克服本能去学这些东西，比登天还难。他虽然依赖孔子，但是不代表他愿意听从教诲。他十分敬仰孔子的思想，却不相信这是日积月累而成，他天天把有本才有末挂在嘴上，却从不思考这句话的含义，为此孔子没少斥责他。

虽说只有上等的聪明人与下等的愚笨人是不会改变性情的，但是孔子并没有把子路归在这两类人中。就算子路浑身都是缺点还不听教诲，孔子也从未把他看作是朽木。因为子路身上有常人难以企及的优点，那就是有一颗没有追功逐利、迫害他人的赤子之心。这种优点在这个礼崩乐坏的国家难得一见，以至于没有人会将它看成优点，甚至会认为这种性情不适于时代而显得愚蠢。但在孔子看来，比起子路的政治才干与高强的武艺，这种被世人误解的赤子之心，才是可遇不可求的。

虽然在礼乐上子路听不进教诲，但是在对待亲人的态度上，好歹是谨遵师命，变得克制体贴。因为子路的变化，亲戚们都开始夸赞，说自从拜孔子为师后，那个狂妄叛逆的不孝子像换了个人似的，成了温和体贴的孝子。听闻亲戚的评价后，子路颇感无可奈何，他忍不住发牢骚道："与其说变成大孝子，还不如说是哄骗他们开心。"

子路怎么也想不通，虽然以前口无遮拦常常使得父母难堪，但贵在全是肺腑之言，如今全是哄骗他们开心，怎么反倒成了大孝子了？如此一想，他开始觉得沉溺在谎言中的父母有些可怜。

子路虽然不像孔子那样能够洞察人心，但是凭借刚正不阿的品性，也能捕捉到别人的情绪变化。过了很多年后，他突然发现父母已垂垂老矣，再也不像自己记忆中年轻力壮的模样，一种无力与心酸在胸腔喷涌而出，眼泪怎么都止不住地夺眶而出。自那以后，子路就变成父母眼里的孝子模样，为他们尽孝。这对子路而言，无异于献身一般地尽孝。

三

有一天，子路在逛街的时候，遇到了旧相识，和以前的子路一样，这些人也是没什么礼貌的游侠。子路没有急着离去，而是停下与他们叙旧。闲聊中，一个人打量着子路的衣服，啧啧感叹道："这就是所谓儒家的服装吗，看着也太寒酸了吧？"见子路不理，那人又接着问，"你如今弃武从文，当真就能舍得伴了你多年的长剑吗？"

子路依旧没有理他，那人便开始口无遮拦起来："哟，怎么还和我们摆起谱来了？我可是听说那个孔丘是个不折不扣的骗子，专门装出道貌岸然的样子骗取钱财，好过声色犬马的生活。"

虽然这人说这样的话并不一定是对孔丘怀有恶意，也许只是随意在朋友面前发牢骚，但仍然不可避免地惹怒了子路。子路当场勃然大怒，抓住对方的衣领，顺势给了他一拳。在子路的压制下，那人毫无抵抗之力，受了子路几拳后，终于忍不住躺在地上。

剩下的几个人想劝架，但子路愤怒的眼神让他们望而却步，他们清楚地知道自己与子路之间的实力差距，不得不等子路宣泄完后，架起被打得七荤八素的同伴离去。

这件事自然传到了孔子耳朵里，他立刻叫来子路，虽然没有提及当街斗殴的事，但是也苦口婆心说了一大段训诫："古时的君子，以忠义为人生追求的目标，用仁爱作为自己的护卫，虽然不出窄小的屋子，却知道千里之外的大事。有不善的人，就用忠信来感化他；有暴乱侵扰的人，则用仁义来使他们安定。做到这些，又何必持剑使用武力呢？总而言之，只有小人才会把冲动当成勇敢，而真正的君子之勇，则是以义为先。只要符合道义，就算面对层层艰难险阻，也敢于挺身而出，甚至置生死于度外，不屈不挠地斗争到底；如果不符合道义，即使有人故意挑衅激将，也能不为所动。"

几天后，子路走在街上，又听见一群无聊之辈聚集在一起闲言碎语，子路停下脚步一听，发现他们正热火朝天讨论有关孔子的谣言。

只听有一个惯常搬弄是非的人说道："那个孔丘一直讲过去，现在无论什么事儿他都要拿来和过去比较，借此再来批判一番。可是谁都没在过去生活过，怎么可能会知道过去呢，所以他爱怎么说就怎么说吧。哼，要是按照他的逻辑，只要按照这些礼乐道德治国，就能让国家兴盛的话，就没有人会费这么大的力气了。所以啊，对咱们来说，比起早已化成一抔黄土的周公，如今安在的阳虎大人才称得上伟大呢！"

当时是礼崩乐坏、以下犯上的年代，国君早已被权臣架空，手上没有半点实权。如今大权旁落，被一个名为阳虎的权臣抓在手里。对这阳虎夸夸而谈的人，也许是他的手下。

只听那人接着吹嘘道："阳虎大人听闻孔丘盛名，想重用孔丘，于是派人请他出山，结果他闭门不见，一看就是吓破胆子不敢见使者。这些老学究，都是嘴上功夫，可是真要他们谈治国方略，他们一点都谈不出来。就那家伙还能得阳虎大人的青睐，呸！"

子路听完后扒开人群，跨步走到那个搬弄是非的老人面前。围着听老人高谈阔论的人一下就认出这是孔丘的弟子，纷纷散开，之前还信口雌黄的老人看着目眦欲裂的子路被吓得失了声，脸色也苍白起来，强烈的求生欲驱使老人给子路鞠了个躬以表道歉，然后立刻脚底抹油溜了。

后来，只要有诋毁孔子的地方，都能发现怒眼圆睁的子路，为了不惹上孔子这个健壮如牛的弟子，人们都会下意识避开诋毁孔子的话题，久而久之，街上竟再也听不到关于孔子的流言蜚语了。

孔子因为这件事也没少训斥子路，但是子路就是没有办法控制住自己的愤怒。他想，那些君子之所以能够忍住，是因为他们承受的愤怒还在可控制的范围内，如果有一天他们感受到我的愤怒，一定也会和我一样忍不住的。

一年后，就连孔子也哭笑不得，叹息道："自从收子路为徒后，竟再也没有听过诋毁我的污言秽语了。"

四

有一次，子路一个人在房间里弹琴。

孔子在隔壁房间听了一会儿后，对站在身边的冉有说道："你听听他弹出来的乐曲，如此狂暴，充满戾气。君子奏出的乐曲，应当是温柔和顺，生机勃勃，如同春风拂面。当年舜帝演奏五弦琴的时候，奏了一曲《南风颂》，歌词唱道：

南风清凉阵阵吹啊，可以解除万民的愁苦。
南风适时缓缓吹啊，可以丰富万民的财物。

“现在再听子路的奏乐，杀伐之气太重，与其说是南方的音乐，不如说更像是北方的音乐，可见演奏者内心多么暴戾啊。”

冉有退下后，将孔子的话一字不漏地转告给子路。子路听后大为震惊，他一直以来都认为自己不通音律才会奏得聒噪难听。现如今，孔子的一番话让他明白，原来乐声还能表达乐师的心境。子路这才发现自己过于浅薄，对音乐的认识仅仅浮于表面。原来要奏出好的乐曲，技巧是其次，重要的是通过乐曲传达出的思想。子路为了明白乐师的内在，独自在静室闭关思考，以至于忘了吃饭，直到瘦成皮包骨才出关。

出关后的子路觉得自己想明白了其中道理，再次执琴，诚惶诚恐地奏了一曲。孔子听到了乐声，虽然没说什么，但脸上也没露出责备的表情。子路从子贡那里得知孔子的反应后不由得乐开了花，当真以为自己奏乐有了进步。

见子路如此兴奋，年纪尚轻的子贡也忍不住笑出来。其实，他尚且能听出来子路的乐声仍具有杀戮之气，暴戾一丝不减，更何况是精于此道的孔子呢。孔子不加以苛责，完全是出于对已经瘦到皮包骨的子路的爱护。

五

在孔子所有的弟子中，没有一个人受到的斥责比子路多，同时也没有一个人能像他一样，随心所欲地向孔子请教。

比如，像“可以不遵守旧时候的道义，随心所欲地行事吗？”这种必然会遭到斥责的话也问得出来。他在孔子面前从来不会掩饰自己，问了这类会挨骂的问题后，还会补上一句：“世间还有像夫子这样如此不切实际的人吗？”

虽然表面上看，子路并不是一个尊师重道的弟子，但是在孔子所有学生中，没有一个人像子路一样，全心全意信任、依赖着孔子。不屑掩饰自己，想到什么就问什么是天性使然，并非故意为难孔子。也正因如此，他才不会和其他弟子一样，因为害怕遭受孔子的斥责和同伴的嘲笑而唯唯诺诺，不敢请教。

子路一生性情刚直、好勇尚武，他以甘居人后不思进取为耻，是一个承诺必达的男子汉。或许正因为如此，他这样一副普普通通的学生模样待在孔子身边就显得很微妙，可是子路身上并没有滑稽可笑的模样。他十分依赖孔子，只要待在孔子身边，就不用思考太多复杂的事，因为他会征求孔子的意见，把生活中和学业中遇到的疑难问题一股脑儿地抛给孔子，自己只要安心待在孔子身边就好了，就像幼童待在母亲身边一样，就算遇到能够解决的麻烦，也会下意识地寻找孔子的帮助。子路每次回想起来，都不由得感到十分好笑。

看似如此纵容学生、宽宏大量的孔子，在心底也有一条线，无论是谁，都碰不得，不然必会追悔莫及。

在子路看来，世界上有一种东西超越了生死。说是“侠”，却显得不够厚重；说是“道义”，却显得古板呆滞。这东西游离在“侠”与“道义”之间，却比“侠”更稳重，比“道义”更自由、更灵活。子路也不知道该把这种东西称为什么，总而言之，对他来说，那是自己感受善恶的分界点。如果他在一个人身上感受到这种东西，说明这个人是好人，反之则是坏人。

子路十分相信自己的这套标准，从来没有对此产生过怀疑。这种玄而微妙的东西与孔子在课堂上教授的“仁”相差很大，但是子路只能从自己所汲取的有限知识里，来定义这种东西。更何况，孔子讲授的并不是与他内心的标准毫无关系，比如，无论是孔子所讲的“花言巧语，装出和善的脸色，过分地恭敬，左丘明认为持这种态度的人可耻，我也认为可耻。把怨恨装在心里，表面上却同他友好，左丘明认为做出这种行为的人可耻，我也认为可耻。”还是“找不到行为合乎中庸的人交往，一定只能和勇于向前及洁身自好的人交往！勇于向前的人努力进取，洁身自好的人不会去做坏事！激进的人勇于进取，耿介的人不做坏事。”孔夫子所说的这两种观点，就十分符合子路内心的标准。

一开始，孔子也试图改变子路这种执拗的想法，但最终还是妥协了。毕竟，子路俨然是天性纯良、性情耿直的好青年，不需要执着地去矫正他的不羁。至于怎么控制子路内心的狂妄，只需要自己这位执鞭人在必要时刻及时敲打，好好教导一番就是了。子路身上有一股不服输的韧劲，虽然令人头疼，但教导有方的话这也不失为一个优点。孔子十分清楚这一点，便不纠结于修正细枝末节，而是做一盏明灯，给子路照亮方向就够了，剩下的，需要由子路自己去摸索。这才是教导子路的最好方式。

孔子经常对子路说：“虔敬却不识礼，会被当成土气；谦恭却不合乎礼，会被当作谄媚；勇敢却不遵礼，视为忤逆；想拥有智慧却不学礼，就会变得放荡不羁；喜欢武勇却不习礼，就会成为以下犯上之徒。”

这些话，不仅是说给子路，更多的是说给其他弟子听的。子路身上有超脱这个时代的正直豪迈的气概，众人隐隐都以他为首，如果他们学子路一样豪迈奔放，反而会画虎不成反类犬。

六

在晋国，流传着这样一个说法，说是在榆之地的石头能口吐人言。据有才德的人说，这个地方纷争不断，百姓过得苦不堪言，就连上天也看不下去，特赐石头说话的权利，以石头之口诉说百姓之苦。如今，本就日薄西山的周王室一分为二，彼此纷争不断，两边各自拉拢同盟，逼迫诸多大诸侯国要么成为盟友，要么成为敌人。如此一来，战争不断，百姓从没过上一天安宁的日子。王室不顾伦理、淫乱当道，也使得本就混乱的局面雪上加霜。齐侯不顾君臣之情，罔顾伦理之道，竟与臣下的妻子行苟且之事，每晚都偷偷潜入臣下的院子里，与其妻温存。常在河边走哪有不湿鞋，终于，在某晚潜入臣妻闺房的时候，被臣下发现并弑君。

荒唐的事不止发生在齐国。在楚国，某位王族觊觎国君之位已久，趁国君卧病在床时，用绳子将他勒死，冠冕堂皇地成为了新国君。而在吴国，高高在上的国君竟然被砍断脚的囚犯攻击。在晋国，大臣之间互相换妻纵欢稀松平常，早已不是什么新鲜事。在当时，世道早已礼崩乐坏，王将不王，则国将不国。

鲁昭公为了大权在握，曾试着强迫上卿季平子释权，结果不仅没成功，反而被驱逐出国，流放到国外。经历七年流浪之旅后，最终也没能回到故乡，最终客死他乡。其实，在流亡中，鲁昭公是有机会回到故乡的，只不过被大臣们阻止了。这群大臣虽然是鲁昭公一派的，但顾及自家性命，担心鲁昭公回国后激怒那乱臣贼子，导致他们受到牵连，被迫承受怒火带来的后果，所以硬生生拦住鲁昭公归国的脚步。鲁国王室流落在外，实权被一分为三，分别掌握在季孙、叔孙、孟孙手中。接着，就落到了肆意狂妄的阳虎手中。

百姓在阳虎的统治下怨声载道、苦不堪言，当阳虎最终败给自己的权谋而下台时，国家的风气焕然一新，就连官场的风向标也随之改变。意料之外的是，在百废待兴的关键时刻，孔子成为中都宰。事实证明，孔子的治国理念是正确的，治国之道是可行的，在那个充满尔虞我诈、官官相护的风气中，孔子凭借公平公正的治国方针与行之有效的治国战略，在短时间里取得令人瞩目的成绩。

面对孔子的政绩，就连鲁定公也惊叹不已，连连问道："如果用你治理中都的方法来治理国家，这个国家也会和中都一样好吗？"孔子回答道："我这套方法不只可以治理国家，也可以治理天下，小至中都，大至天下，都能因为我的治国之道变得欣欣向荣。"

鲁定公深知孔子从不打妄语，加之孔子说这番话时，态度冷静、语气恭敬，完全不似炫耀，这令他更加信服，于是连忙替孔子写了封信，推荐孔子做更高的官职。在他的提拔下，孔子很快晋升为大司寇，同时也兼管宰相之事。与此同时，在孔子的推荐下，子路获得鲁国季氏宰的职位，作为孔子的拥趸，他经常奋战一线，确保孔子政策的执行。

在孔子看来，治国的第一要紧的事就是加强中央集权，换言之，鲁侯需要重新掌权。正因如此，从权臣季孙、叔孙、孟孙那里收回兵权刻不容缓。这三家权臣分封的城池里，超过百雉的共有郈、费、成这三个地方，孔子决定先毁掉这三个地方，于是他把这个任务交给深受信任的子路。

当努力的成果会以更加宏大壮观的形势呈现出来的时候，这对于子路来说无异于是痛快的、兴奋的。他冷眼看着这些贪官污吏的巢穴被逐个击破，子路感觉到在这一刻，自己的灵魂得到了升华。

不仅如此，当他看到孔子满腔才华得以施展的时候，内心涌荡着前所未有的兴奋，他喜欢看见施展抱负、生机勃勃的孔子。与此同时，在孔子看来，子路也不仅仅是只会依附在自己麾下的弟子了，他更是一名出色的、可靠的政治家。

在拆毁费城的时候，他们遇到了最激烈的反抗。冥顽不灵的公山不狃率领人马偷袭鲁国都城，敌方的箭矢破空而出，直逼鲁定公。就在这千钧一发之际，孔子凭借过人的胆魄与敏锐的判断，将这场灾难化险为夷。

目睹一切的子路再次拜倒在孔子的威仪下。他虽然早就知道孔子才高八斗、武艺高强，但他没想到在如此危急的险情下，他还能临危不惧，用敏锐的头脑从容不迫地下达命令，轻而易举地化险为夷。子路胸腔又涌荡出一阵激昂，他在战场上奋力搏杀，手握长剑的感觉让他怀念。果然，比起挑灯夜读，他还是更喜欢在战场上厮杀。

有一次，为了能够与齐国讲和，鲁定公带着孔子来到夹谷会盟之地与齐景公谈判。谈判中，孔子逐一指出齐国怠慢无礼的地方，对景公及齐国大臣一顿劈头盖脸的斥责，使得在座的齐国君臣无一不垂头丧气地坐成一团，像霜打的茄子一样没有精神。

子路得知这件事后顿觉痛快，然而，从那个时候开始，齐国就十分忌惮孔子。齐景公发现鲁国在孔子的治理下繁荣昌盛，心中越发警惕，打算采取措施，离间孔子与鲁定公的关系。思来想去，齐景公决定采取最简单也最有效的美人计。制定计划后，齐景公立刻挑选了一群貌若天仙的舞女送给鲁定公。之后的事态发展就在齐景公的掌握之中了。鲁定公果不其然被美色迷昏了头，整天荒淫度日，不理朝政。更严重的是这种腐败的风气带入朝中，朝中大臣也上行下效沉迷享乐。

性格耿直的子路对此十分愤怒，在一次与朝官争执后愤然辞官。孔子这时候还对朝廷抱有希望，正想尽一切办法恢复朝廷的清明。子路一直劝孔子早些放手，不要继续守着这个腐朽的官场。他倒不是担心孔子失节，而是不忍心让孔子浸淫在这荒唐的朝廷中。

当孔子心灰意冷，最终选择辞官时，子路才放下心来，欣然跟着老师离开鲁国。望着渐渐远去的鲁国城门，孔子不由心生感慨，唱道："那些妇人的口舌啊，可以使人离去逃奔；那些妇人的请求啊，可以使人败亡。悠哉游哉，聊度余生吧。"

至此，孔子开启了一段漫长的旅途。

七

子路内心一直有个疑问，这个疑问从孩提时就已经存在。如今已过而立之年，他仍未找到这个问题的答案。更奇怪的是，他认为非常不寻常的现象，在别人看来似乎司空见惯。这个藏在心里已久的疑问就是，为什么没有见过好人好报，恶人恶报呢？

子路每次遇到这种事情的时候总会义愤填膺、愤愤不平，接着就开始质疑上天。为什么，为什么做了好事的人总会遭受诸多苦难，落得个凄凉结局，而坏事做尽的人却能尽享荣华富贵，不会遭到现世报呢？善恶终有报难道不是从小学到大的真理吗？为什么现实与真理相悖呢？这个问题对满腔赤子之心的子路来说太难了。

每当他看见不公时，都会愤愤不平，质问上天是否看到人世间这诸多不公，如果看见为什么不管不问。还是说，这些不公的命运，本就是上天安排好的。如果这样的话，不如与天斗与地争，为自己挣个公平公正。或许在天道看来，并没有所谓的善与恶，这一切只是人类自己定义的？子路每次将心中的疑问说给孔子听时，孔子都会教育他一番，告诉他什么是幸福。

但子路并不满意这个答案，如果真像孔子所说，行善的报答就是行善本身带来的满足感，显得也过于单薄了。在聆听孔子教诲的时候，子路觉得但行好事莫问前程是真理，但后来一思考，又有些迷惑。行善过程的满足感是虚无的，看不见的，如果行善之后得到的回报是直观的，是任何人看了都无法拒绝的，那就有意义多了。

子路觉得天道不公也不是一两天了，尤其是看到老师的遭遇，他更是愤愤不平，觉得天道亏欠老师。他无法理解，孔子作为世间最伟大的人，为什么总要遭受诸多苦难：没有幸福美满的家庭，年老后居无定所四处漂泊，这不应该是一位伟大思想家的人生。

直到有一天晚上，子路无意间听见孔子自言自语道："凤凰不飞来了，黄河中没有出现图画，我这一生也就完了吧！"

子路听完后热泪盈眶，他感叹于孔子的格局。自己因为孔子个人遭受苦难愤愤不平埋怨天道不公时，遭受重重磨难的孔子却仍然心系天下，这是多么广阔的胸襟。子路的眼泪没有为天下而流，独独因孔子潸然泪下。

从那天起，子路就下定决心，自己要保护孔子，不让世俗污浊侵蚀孔子，即使自己为孔子战死也在所不辞。孔子作为老师，教授自己太多，也不吝成为自己的精神支柱。那么，自己也要用毕生所学回报恩师的厚爱。他敢保证，虽然自己不是老师所有弟子中最出色的那一个，却是第一个愿意为老师付出生命的那一个。他对此深信不疑。

八

子贡说："这儿有一块美玉，是把它放在匣子里珍藏起来，还是找位识货的商人卖掉呢？孔子说："当然是卖掉它！它正在等待识货的商人啊！"

孔子就是抱着待价而沽的心态到周边国家游历，跟随他的弟子与他一样，也希望在旅途中能遇到伯乐，让自己施展一身抱负。

但是子路与他们的想法不同。有了上次在鲁国为官的经历后，子路尝到了在高位上贯彻自己的信念是多么痛快的一件事，但这一切都有前提，那就是这个国家需要推崇孔子的治国理念。如果不能实施孔子制定的治国方针的话，他宁愿一辈子当默默无闻的平民百姓。就算这一生做孔子的门徒，他也心甘情愿，毫无怨言。子路怀揣这样的想法并不代表他没有世俗的功利心，只是他觉得如果违心做官忝居高位，也会让自己那颗赤子之心蒙尘。

跟随孔子周游列国的弟子众多，大家性格各异，其中不乏干脆利落从不拖沓的冉有、温和老实热心肠的闵子骞、阴郁勇武的子夏、好诡辩的宰予、身材高大有才德有勇力的公良孺、公正廉明贤良孝顺的子羔等。在这群弟子中，无论是资历还是威望，子路都是带领这支队伍的最合适的人选。

但是子路不这么想，比起自己，他更希望子贡带领队伍。子贡比子路年轻二十二岁，是一个让人为之侧目的天才，比起孔子经常夸赞的爱徒颜回，子路更喜欢子贡。

在子路看来，颜回简直是世界上另一个孔子，不过没有孔子的鲜活的生命力与敏锐的政治意识。但是，子路并不太喜欢这个与孔子如出一辙的颜回。在同门中，其他人不喜欢颜回是因为嫉妒，觉得他一人就吸引了孔子所有的关注。子路不喜欢他倒不是出于嫉妒，而是完全看不惯颜回的柔软性格。

颜回总是缺少活力，光这一点子路就看不顺眼。比起暮气沉沉的颜回，他更喜欢朝气蓬勃的子贡。虽然子贡过于年轻，有时候会显得轻浮，但是他所展现出的耀眼才华令子路十分钦佩。子贡就像一块璞玉，虽有瑕疵，但瑕不掩瑜。少年心性的子贡总容易说错话，就算是子路也会毫不留情地斥责他。但子路知道，少年只是缺乏经验，没有阅历的积累，说出的话总会显得轻浮，但往往能一针见血，这就是天才与常人的区别。

有一天，子贡说了这样一段话："夫子虽然不允许在辩论的时候使用诡辩，但是夫子自己在辩论的时候，所用的技巧与表达的观点却显得有些诡谲。和宰予的诡辩不同，宰予诡辩注重的是辩论技巧，能够让听众一听就觉得甚是有趣却不会相信，这样对听众来说反而是安全的，不会因为宰予的诡辩而偏离主题。而夫子的辩论不一样，夫子没有巧妙的技巧，甚至在辩论中都不甚流畅，可是他说出的话带着历史的厚重感，让人忍不住相信夫子的话。夫子辩论时表情严肃，不会引用妙趣横生的例子，但是会采用意义深长的比喻，让人心生敬佩，从而相信夫子的话就是真理。毋庸置疑的是，夫子说的话百分之九十九都是真理，做的事百分之九十九都是正确的，那剩下的百分之一就会是瑕疵，我们需要警惕的就是这里。后世把夫子奉为圣人也是对的。但我想说的是，即使是夫子，也有百分之一的不足，就比如夫子经常夸赞颜回，不就是因为在我们一众弟子中，颜回最像夫子吗？”

在一边听到的子路不由得生气了，怒吼道：“你这个黄口小儿竟然敢对夫子指指点点！”子路虽然嘴上这么说，但他也知道，子贡的一番话并非出自对孔子的不满，而是源于对颜回的嫉妒。更何况，他从子贡的话中，隐隐觉察出这番话并非毫无道理，因为他也觉得颜回是最像孔子的弟子。他虽然头疼子贡说话不经过思考，但是更惊讶于这个少年敏锐的洞察力。

子贡曾经问过孔子：“已经故去的人是否还有知觉呢？”

孔子回应道：“如果我说人死后有意识，恐怕那些孝子贤孙生前不侍奉好活着的人，却隆重祭奠而把希望寄托到死去的人身上。如果我说人死后没有意识，又担心不孝的子孙会把已故的长辈丢弃而不埋葬。”

孔子的回答与子贡的问题八竿子打不着，子贡对此很是不满。孔子当然明白子贡问题的意思，但是他作为现实主义者，更希望能用现实社会的答案敲醒子贡，让他不要沉溺虚幻，把眼光放在现实中。

由于子贡不满意孔子给出的答案，便把这件事告诉了子路。子路对这种问题兴趣不大，但由此他也想了解一下孔子是怎样看待生死的。于是，他就去问孔子关于死的问题，孔子回答道：“活着的道理还没有想明白，又怎么会有时间去研究死去的事呢？”

子路被孔子的回答折服了，他将孔子的回答转告给了子贡，子贡不满道：“话虽如此，可是这答案与我的问题完全不相干啊，这根本没有解释我的疑惑。”

九

卫国的主君意志力薄弱，遇事左右摇摆。他虽然还没有到分不清忠奸的地步，却也听不进逆耳的忠言，他喜欢听甜言蜜语、沉迷酒色。久而久之，他开始听信后宫，俨然一副色令智昏的模样。

卫国主君的夫人南子，一直以来举止轻浮、行为不端，她的作风广为人知。在她未出嫁，还是宋国公主的时候，她就与同父异母的哥哥异常亲密。嫁作他人妇成了卫国夫人后，南子夫人也丝毫不收敛，甚至将哥哥招到卫国，给了个大夫的官职，以便继续与哥哥厮混。

南子夫人是一位颇具才华的女子，经常干涉卫国朝政。对此，卫灵公不仅不加以斥责，反而对她言听计从，久而久之，人们便流传，在卫国朝廷中想要出人头地，必须要讨好南子夫人，得到她的赏识才行。

孔子从鲁国离开后，首先来到的是卫国。孔子并不知晓卫国的国情，他按照礼仪拜访了卫灵公，并没有专门去拜访南子夫人，这让她非常生气，随即派人告诉孔子："各个国家的君子想与我国君主称兄道弟之前，都要拜见南子夫人。现在南子夫人想见一见您。"

孔子没有办法，只好去南子夫人的宫殿里拜访。当孔子对着南子夫人行礼后，南子夫人向孔子还礼，还礼的时候还听见夫人身上挂着的玉佩叮当作响。

孔子回来后便看见一脸不悦的子路，问其原因，才知道子路觉得孔子应该会对南子夫人的无理要求视而不见，没承想孔子不但没有置之不理反而应邀拜访。这让子路觉得孔子被南子夫人玷污了。

这样孩子心性的子路让孔子情不自禁笑出声，无论过多久，子路也不会因阅历的增加而变得世故，反而一直保持着一颗纯正的赤子之心。

一天，卫灵公派人邀请孔子坐车游城，想向孔子请教一些治国的问题，孔子欣然同意，换好衣服随即就去赴约。

南子夫人得知后十分气愤，她不明白孔子这个身材高大、不苟言笑的无趣老爷子，为什么如此得卫灵公的赏识。现如今，这两人竟要抛下自己登车游城，这让她感觉自己被轻视了。于是她打扮一番后，在孔子到来前抢先与卫灵公同乘一辆车。

孔子到了之后，对着卫灵公缓缓施了一礼，正要与卫灵公一起登车时，发现浓妆艳抹的南子夫人已经捷足先登，坐在车上言笑晏晏了。孔子发现车内并没有留他的位置。此时的南子夫人虽然是微笑的，但是怎么看都带着警告的意味。

孔子也生气了，他皱眉冷眼看卫灵公如何处理，却见卫灵公额头冒汗，垂下头，眼神不敢注视他，只是虚指了一下后面跟着的第二辆车。孔子气笑了，刻在骨子里的教养让他没有当场拂袖离去，而是登上了第二辆车。

两辆车在都城里缓缓行驶着，第一辆是四轮车，无论是外表还是内饰都十分豪华，而里面坐着的正是卫灵公和南子夫人。与之相比，第二辆就是显得十分寒酸的两轮牛车，孔子坐在车面不为所动，端然正坐，目视前方。民众看到这幅场景摇头叹息，为卫国的未来感到担忧。

在人群中的子路也看到了这一幕，他想到了孔子被卫灵公邀请的兴奋表情。此刻，他的心不由得一阵阵发紧、发疼。

恰在此时，第一辆车正好经过他面前，他听见车里传来南子夫人故作娇弱的轻笑声。子路顿时火冒三丈，捏紧拳头想要把车里的人揪出来揍一顿。正当他拨开人群的时候，背后有人拉住了他，他回头一看，见是同样满脸泪水的子若与子正。子路只好忍住，缓缓放下手，松开拳。

翌日，孔子就带着学生离开了卫国，离开时，他不由得发出感慨："我从来没有见过这么好色的人。"

十

传闻，有个叫叶公的人很喜欢龙，已经到了痴迷的地步。他屋子的墙壁上刻着龙，帷帐上绣满了龙，他日日夜夜对着龙高歌，诉说喜爱之情。天上的真龙听说这件事儿后深受感动，于是下界来到叶公家中。真龙体型庞大，龙头从窗户外探进来，尾巴却还在院子里。叶公看到真龙降临后非但没有高兴，反而吓得屁滚尿流。

天下各国的国君就如同这叶公一样，听闻孔子乃圣贤之人，无一不推崇赞赏，却没有一个人去了解推行孔子所提出的治国方针。孔子对他们来说形象过于高深，有不少国家奉孔子为座上宾，不吝用最高礼仪接待他，就连孔子的弟子也能得到君主的重用。但是，仍然没有一个国家采用孔子的治国理念来管理国家。一路的游历，孔子遭受了许多苦难，他在匡地差点被暴民打劫凌虐；在宋国拜访君主时，又遭到奸臣的污蔑；游历至蒲地的时候，又遇上了暴徒。这些年里，他经常遭受到各国王室君主的礼貌疏离、朝堂学者的酸言酸语和政客的排挤。

就算是这样，孔子在游历的途中也依旧给弟子讲课，从来没有停歇过。他们被迫不停流浪，在不同国家之间辗转来去。孔子曾说过这样一句话："有志向的鸟都会选择好的木头筑巢休息，但是木头却没有办法选择鸟。"这句话体现出孔子的高风亮节，但并不是独立于世外毫不在乎的洒脱，而是仍处在这红尘中，希望被重用，奈何事与愿违的无奈。孔子的无奈并不是纠结自己的怀才不遇，而是担心天下的百姓没有被良好的制度拯救，依旧生活在水深火热之中。他们做官，不是为自己，而是为了天下。不仅是孔子，还有他的学生也是抱着这样的想法与他一同游历。如此说来，孔子这一行人真是难能可贵，他们在困苦潦倒的时候依旧保持愉悦的心情，从不放弃内心的希望，即使深陷泥淖，也不忘抬头看星星。

有一次，孔子受到楚昭王的邀请，准备动身前往楚国。陈国和蔡国的政客知晓此事后，害怕孔子到楚国后被楚王所用，便联合起来召集穷凶极恶的暴徒，把孔子等人堵在前往楚国的途中。

这并不是他们第一次遇到暴徒，但却是有史以来遭受到的最凶险的情况。运输粮食的通道被暴徒阻断，他们已经七天粒米未进。饥饿、病痛席卷着这支队伍，死亡的阴影笼罩着上空，每个人的脸上都布满愁云，只有孔子如同往常一样神采奕奕，弹琴抒情。

子路看不下去，怒气冲冲走过去，质问道："夫子在这个时候弹琴，是合乎礼仪的吗？"

孔子没有回答，依旧自顾自弹琴。曲子奏完后，才说道："子路啊，那我现在告诉你我为什么弹琴。君子喜爱音乐是因为音乐可以修身养性陶冶情操，可以时刻提醒自己不骄纵不自傲，而小人喜欢音乐则是因为音乐可以让他们无所顾忌地放纵情绪。那个不了解我却跟随我的是谁呢？"

子路有些不敢相信这是孔子说的话，都这个时候了，居然还想着修身养性？但是，当他仔细琢磨孔子的话后，明白了孔子的深意，情不自禁笑了起来，举着斧头应和着乐声跳起舞来。当舞曲重复了三遍时，弟子们被曲中的情绪感染，纷纷忘记了饥饿，陶醉在这美妙的乐声中。

在陷入陈国和蔡国制造的灾难中，子路见一时无法脱困，问孔子："君子有穷困潦倒的时候吗？因为听老师平日所传授的观点中，君子并没有郁郁不得志的时候。”

孔子听后立即回答道：“这就要看你对穷困的定义是什么了。如今我虽遭逢乱世，却仍满腔仁义，这怎么能算是穷困潦倒呢？如果你觉得没有吃的穿的才是穷困，那么君子穷困的时候也可以安贫乐道，而小人遭受穷困就会开始胡思乱想，胡作非为。”

子路听完后越发羞愧。孔子命运多舛，很多时候都不得志，可是他却临危不惧，这才是真正的勇敢。反观自己，还在为敌方的长剑刺到眼前，自己却可以不眨眼而沾沾自喜。相比之下，自己逞的是匹夫之勇，与孔子的勇敢比起来，如同萤火对皓月，实在是微不足道。

十一

在去楚国的路上，子路落到了队伍后面，渐渐地，队伍离开了他的视线范围。他一个人走在乡间的小路上，这时候，遇见背着一筐柴火的老人家。

子路上前行了一礼，问道：“老人家，请问您看见过我的夫子吗？”

老人停下，不耐烦地摆摆手道：“什么夫子，我怎么知道你的夫子是谁？”他边说着边上上下下、里里外外打量了子路一番，不屑笑道：“我看你这白白嫩嫩的样子，想来也是不干农活，分不清农作物，成日里就会无病呻吟，朗诵些无关紧要的东西。”斥责完子路后，老人就没有再看子路一眼，自顾自地来到田埂边拔除杂草。

子路非但没有生气，反而想，这一定是一位隐士高人，于是他对着老人毕恭毕敬地作了一个揖，等待这个老人接下来的点拨。

老人没有搭理子路，继续拔草，等做完这些后，他自然而然地招呼子路跟他回家。到家的时候已经是黄昏了，结束一天劳作的老人并没有马上休息，而是杀鸡做饭招待子路，并让两个儿子和子路打招呼。酒足饭饱后，被自家酿的浊酒熏出几分醉意的老人开始弹琴，他的两个儿子随着乐声的响起，应和歌唱。子路静静听他们唱，欢快洒脱的歌声回荡在院子里："晨露浓重，没有阳光无法蒸发。晚宴盛大，不醉不休不归家。"

歌声在空旷的院子里显得空灵。子路稍一打量，就知道这个家庭并不富足，甚至可以说很拮据。但是这家人的脸上并没有因贫苦而带来的不满，反而洋溢着幸福的笑容。这是生活的智慧之道，安贫乐业，容易知足。

奏完一曲后，老人对子路说："马车在陆地上行驶，船舶在河流上行驶，这是亘古不变的道理。如果非要反其道行之，在陆地上划船会发生什么呢？在如今这个礼崩乐坏的时代，还想用周朝那一套治国理论俨然无用，就像在陆地上划船一样，只是做无用功。现在这世人就好比不知礼数未被教化的猴子，你硬生生地给猴子穿上衣服，猴子一定会乱叫并且撕碎衣服。"老人的这番肺腑之言，明显已经猜测到子路的身份才说出来的。

老人又继续说道："人生短暂，快乐一生也是了不起的志向，不是只有进朝做官，升官加爵才能被称作人生目标啊。"

子路听完后，明白无忧无虑过完一生就是老人的最终的目标。这种人生理念子路并不是第一次遇到，他曾邂逅过长沮、桀溺二人，在楚国遇到过接舆，这几个都是避世之人，不想被世间纷扰，只愿在自己寻找的世外桃源中悠哉游哉、怡然自得地过完下半生。子路虽不是第一次接触到隐士，却是第一次体验隐士的生活。老人由内而外散发出的悠然自得，令子路很是羡慕。

虽然如此，他也并没有尽听尽信，而是加以反驳："不受世间纷扰，悠然享受田园生活当然十分惬意。但是，人之所以是人，是因为人不能只为了贪图自己的悠然自得而逃避责任。不从政做官为天下谋事是不仁义的，长幼之间的礼节尚不能废弃，如何能废弃君臣之礼呢？为了不沾染尘世的繁琐，只想洁身自好，却乱了君臣间的伦理。君子之所以能入朝为官，就是为了匡正君臣之礼。我们早就知道这条路何其艰难，也明白这条路上有诸多危险，但也正因为这个天下乐崩礼坏，没有道义可言，我们才更应该匡正天下。”

第二天，子路告别老人后匆匆赶路。他在心里反复琢磨着老人的话，又将其与孔子对比，发现二者有相似之处，两人同样有敏锐的洞察力，同样淡泊明志。唯一不同的是，老人不愿招惹尘世选择避世不出，而孔子为了匡正天下，不顾道途险恶，周游列国。如此对比后才发现，孔子是多么的伟大，而想到昨日那位逃避现实的老人，子路不由轻蔑地瘪了瘪嘴。

临近晌午的时候，子路终于看见熟悉的身影。当他看见高大的孔子坐在弟子中间授业解惑时，眼眶不由得一酸，心中涌出无限暖意。

十二

在一个依旧漂泊的日子里，飘荡的船舱里传来子贡和宰予的辩论。

这场辩论因孔子的一句话开展，辩论的主题是先天优势重要还是后天努力更重要。话说回来，这场辩论的起因是孔子的一句“十室之邑，必有忠信如丘者焉，不如丘之好学也”所产生的争议。这本是孔子的自叹，意思是，在只有数十户人家的小地方一定会有人和我一样忠诚讲信誉，但没有一个人比我好学。孔子本意是想激励弟子学习，借自己举例子，告诉弟子自己资质平庸，和普通人一样，只因为比普通人更好学，才获得如今的成就，没想到这句话招来弟子们的诸多争议。

子贡持先天优势更重要的观点。他认为即使是孔子说出的这句话，也不能否定孔子如今地位超然的原因中，天分起了决定性因素。而宰予的观点与之相反，他认为孔子取得如今的成就，完全是一点一点凭借努力磨炼出来的。

宰予认为，虽然孔子拥有的特性和普通人的一样，但是在他夜以继日的努力下，这些普通特性才能被磨炼成非凡特性，这些非凡特性并非与生俱来，而是用汗水浇灌出来的。子贡却不这么认为，虽然他同意夜以继日的努力会引起质的飞跃，但是能够心无旁骛、夜以继日地专注提升自己这件事，本身也是需要有天赋的人才能做到。子贡认为能让孔子超然世外的天赋是中庸，在任何时间、任何地方，他都能保持一颗不为外物所动的中庸之心，不得寸进尺，不唯诺退缩，在孔子的处世之道中，总能体会到哲学的美感。

在一旁静听的子路对此很不满，他认为这群人只会夸夸其谈，做不得一点实事。他敢保证，如果这艘船倾覆了，除了他没有人能立刻冲上去去救孔子，而这群只会夸夸其谈的人，到了那个时刻也只会两股战战痛哭流涕。

在后辈的辩论声中，子路想着孔子时不时发出的感叹，觉得这世界上只有他才能如此无怨无悔地跟随孔子。即使如此，子路对孔子的话也不是完全赞同的。

百年前，陈灵公荒淫无度，经常做些离谱的荒唐事，比如与大臣的妻子行苟且之事。一天，陈灵公上朝时穿着那位大臣妻子的亵衣，向满朝文武胡言乱语，名为泄治的大臣看不下去这乌烟瘴气，冒死上谏终被杀。

一个弟子就这件事向孔子请教道："泄治的行为与古时候比干死谏一模一样，这应该就是仁了吧？"

孔子回答道："并不是。论亲疏，比干是纣王的亲戚，泄治与陈灵公却不是；论职位，比干身居少师之位，身份高贵，而泄治却是名不见经传的小官。身为官场的蜉蝣，见不得朝堂污浊、国君荒淫的样子，奈何空有匡正天下的一腔热血，却没有撼动大树的力量。所以无能为力的时候知难而退方为上策，如螳臂当车一般丢掉性命都是无谓之举，没有意义的牺牲，谈何仁义呢？"

那弟子听完后认同地点了点头，然后礼貌退下，而在一旁的子路却无法赞同这个观点，他问道："泄治之举是否仁义暂时不提，就泄治舍身为国，以一己之躯试图改变国家的行为上看，这难道不是一件十分伟大的事情吗？就算失败了，也不能草草定义成白丢性命的无谓之举吧。"

孔子回答道："子路啊，你只能看到浅显浮于表面的忠诚仁义，却不能看见更深层的东西。自古以来，贤人都是在秩序有道的盛世中尽心尽力辅佐君王，而在荒乱无道的乱世中，圣人会避开车水马龙，过隐居生活。在古时，周天子身为天子，贪婪无度，残忍荒唐，将百姓推向深渊，导致民间发生许多邪事，就算周朝有着完善的法制制度也无济于事。陈灵公就如同周天子一样，律法无法制约国君，说再多也无济于事。"

子路又问道："依据夫子的意思，个人安危竟比舍生取义更重要吗？如果泄治把对这荒淫无度的陈灵公的不满放在心里，唯唯诺诺地担任小官，或是辞官而去过田野生活，这对他来说或许是好的结局，但是这种做法对百姓负责吗？明知无用还一往直前的勇气难道不值得称赞吗？就算如萤火般微弱，也要争取在伸手不见五指的黑暗中发亮，这一腔孤勇的信念难道不值得歌颂吗？"

孔子叹道："子路啊，我并没有说舍生取义是不可取的，如果我不赞同这一点，也不会歌颂比干的仁义。我是说，就算到了舍生取义的地步，也要选好时间和地点，不要白白牺牲生命。舍生取义从来不是博得身后名的手段。"

孔子的一番教导虽有道理，但子路仍然无法释怀。他发现孔子的教导中从来不是鼓励弟子二选一，他一边赞美舍生取义的仁义，一边告诫弟子要懂得观察局势，明白明哲保身。其他弟子可能不会在子路纠结的这一点上过分关注。在子路看来，这群弟子的仁义都建立在不伤害自身的基础上，如果真到了舍生取义的地步，说不定他们已经惊恐万状了。

当子路带着一脸不认可的表情离去时，孔子怅然叹道："子路啊，你在治理有道的国家时，性格直得像一支箭；到了荒乱无道的国家，仍不懂得变通。这一点倒是和卫国史鱼一样啊。这性格，在这乱世中，注定不能善得其终啊。"

子路与孔子的不同，在另一件事上也体现得淋漓尽致。时年，战乱纷飞，楚国向吴国发起进攻，有位名为商阳的工尹正对吴国的军队穷追不舍。

与他同坐一辆车的王族公子催促道："现在你是在为国家做事，你现在所作所为都是为了国家，所以你可以拿起弓箭。"

商阳听完，才拿起放在手边的弓箭，但并没有向吴国军队射去，直到耳边传来公子的催促声，商阳才向敌军射去，取得一人性命，然后放下弓箭，用宽大的袖子遮住脸哭了起来。后来公子催促，才不得不又拿起弓箭，如此反复，取得三人性命时，他把弓箭一扔，说道："作为工尹，取得现在的战果足够让我交差了。"说罢，他弓箭一扔，任凭公子怎么催促，他都无动于衷。

孔子知道这件事后赞叹道："就算到了战争杀人的地步，他也没有忘记礼仪啊。如此克制，真是圣贤之人。"

然而子路却不这么认为，他一直很看不上将个人恩怨看得比国家大事还重要的人，愤然说："我从未听过如此荒唐的事。作为朝廷大臣，在战争之际，居然不是鞠躬尽瘁地为国家效力，而是坚守自己所谓的道心，难道国家大事在个人坚持上就不值一提吗？在其位，任其责，身为朝廷大臣将国家大事看得如此儿戏，夫子为什么会用这样的人作为标榜来激励我们呢？"

孔子哑口无言，许久，才苦笑道："你说得有道理，我赞美他，不过是因为他不滥杀无辜罢了。"

十三

自孔子周游列国以来，他总共去了四次卫国，在陈国待了三年，又辗转去了曹、宋、楚等国家，这些年中，子路始终跟随孔子。

到了这个时候，孔子已经不指望有哪个国家愿意用他的理论治国，与之相反，子路倒是显得比孔子通透。刚开始，混乱无度的世道、世风日下的社会、怀才不遇的孔子，都让子路愤愤不平，骂世事不公天道无情。而如今，在跟随孔子游历各国的岁月里，他的愤怒慢慢被沉淀下来，反而更能看透孔子以及弟子的命运。

子路所感悟到的"这就是命运"，与之前赋予悲观色彩的观点不同，如今他感悟到的，是对匡扶正义、拯救天下的责任，是舍我其谁的奉献。他们不应该被局限在一个时代，被拘泥在一个国家，他们要拯救的是天下。

孔子曾经说过，如果上天不能消灭这种文化，那么这群匡人又能拿我们怎么办呢？当时的子路还不能完全理解这句话，如今他倒是能体会到这番话的奥妙了。

无论身处什么环境都不能自暴自弃，无论什么时候目光都不能超脱现实，就算有时间、地域的局限性，他们也应该能够做好。如今的子路总算理解孔子超然世外却不避世的智慧，也开始明白孔子被世人注视的背影中背负了怎样的责任。聪明绝顶的子贡被世俗所限，无法理解孔子超然世外的历史责任感，反而纯净质朴、怀揣一颗赤子之心的子路最能理解孔子存在的意义。

在游历各国的岁月中，子路也从少不更事的游侠成长为知天命的大家了。虽然他的棱角被岁月打磨得圆滑，但岁月也附赠给他令人安心的稳重感。也正因如此，后世才能从他身上看出不屑高官俸禄，淡泊名利却不咄咄逼人的风骨。

十四

当孔子第四次访问卫国的时候，在卫侯和孔叔圉的再三请求下，推荐子路入朝为官，为卫国效力。当孔子在数十年后被召回故国的时候，子路第一次没有跟随孔子，而是拜别孔子，留在卫国发光发热。

此时的卫国内乱不断，虎狼环伺。卫国在南子夫人参政下暴乱不断，百姓处于水深火热的乱世中。在此期间，卫国也有不少人试图除掉南子夫人拨正反乱。公叔戌率先在朝廷上反对南子夫人干政，说服朝廷命官一起排挤南子夫人，但却不敌南子夫人在卫灵公耳边的枕边风，落得个逃亡鲁国的结局。太子蒯聩借前人之鉴，决定刺杀南子夫人以绝后患，结果失败，只能流亡到晋国。卫灵公去世后，朝廷中没有太子，不得已将当年尚且年幼的王子扶上王位，这位王子就是现如今的卫出公。

之后，前太子蒯聩借助晋国的力量攻入卫国西部，长剑直指王位。此时的卫出公腹背受敌。一方面需要提防蠢蠢欲动的儿子，一方面还要防备一心夺位的父亲。

作为孔子的学生，子路被派往蒲地任职。那里自古民风彪悍，之前由公叔戌管辖，自从公叔戌被南子夫人陷害流亡别国后，这里的居民越发不服管教，经常发生暴乱以示对听信谗言的执政者的不满。子路跟随孔子游历到这里的时候，还被这里的暴民劫持过。

在前往赴任前，子路忧心忡忡地询问孔子，要怎么做才能制服这群暴民，管好这个地方。孔子解答道："谦恭谨敬可以慑服勇士，宽厚正直可以使强者归顺，慈爱仁恕可以容纳困苦的人，温和果断可以抑制奸邪。"子路听完如醍醐灌顶，感激地向孔子行拜别之礼后，欣然前往蒲地赴职。

到达蒲地后，子路并没有新官上任三把火大搞改革，而是把当地有话语权的重要人物和反叛军召在一起，敞开心扉地畅谈一番。他并不是打算向豪强示弱，而是时刻把孔子的教诲牢记于心，毕竟孔子说过，如果人民接受了教化还做伤天害理的事情，才能用武力制服他们。既然如此，子路毫不介意地将内心所想告诉民众。子路洒脱豪爽的性格出乎意料地取得当地百姓的赞扬，他们对子路的直言快语十分欣赏，很快就折服在子路的人格魅力下。

在此之前，子路作为孔子门下的弟子已扬名天下，孔子曾称赞他道："仅凭只言片语的证词就能够公正断案，这样明察秋毫极度公正的人只有子路吧。”孔子的这番称赞也被世人流传，成为一段佳话。蒲地民众对上任不久的子路心悦诚服，想必也有这些舆论的影响吧。

三年后，孔子重新来到卫国，顺便去了蒲地。刚到蒲地，他就称赞道：“做得好啊，子路谦卑恭敬，言而有信。”到了城里后，孔子惊叹道：“真好！子路忠诚信实，宽以待人。”当他们最后来到子路的住宅前，孔子赞叹道：“好！子路能清楚地看到情况，做出合理判断。”

在旁跟随的子贡有些迷惑，询问孔子为什么还没见到子路就一直夸赞他。孔子笑答道：“当踏入蒲地时，就看见田间小路纵横交错，荒地被开发成耕田，随处可见用来灌溉的沟渠，之所以百姓齐心协力开荒种地，是因为统治者谦逊恭敬，言而有信。到了城中心，看见民宅规划整齐，道路两侧的树木繁茂，一看就是统治者宽以待人，才能让百姓安居乐业。走到他的府邸前，见院子里平静有序，没有小厮反抗主人的命令，一看就是因为主人公平公正、明察秋毫，才能让他们心服口服。虽然我还没有见到子路，但所见所闻都是子路的功劳啊。”

十五

在鲁哀公狩猎到一头麒麟的时候，子路回到了鲁国，正巧时任小邾的大夫射，背叛自己的国家，逃到鲁国保命。

如果一个人流亡到其他国家时，需要得到这个国家的盟誓才能安心在此生活。这位大夫听说子路回到鲁国，放言道只要子路肯答应为他做担保，他就用不着鲁国的盟誓。可想而知，子路言而有信的美名已经响彻天下了。

子路听后，毫不留情地拒绝士大夫的请求。有人想不通，问：“比起一个国家的盟誓，此人宁可要你的担保，这难道不是一件非常值得骄傲的事吗，为什么你要拒绝呢？”

子路回复道：“因为这人是背叛自己的国家才流亡到鲁国的。如果这人是因为战乱逃到鲁国，就算敌人是鲁国，我也会豁出生命为他做担保。可他是个无耻的卖国贼，如果我替他担保，岂不是说明我支持这种卖国行为吗？”

所有认识子路的人，听完他这一番话后都不由得会心一笑，如此直爽正义、嫉恶如仇的言论，不愧出自他口。

也在这一年，齐国陈桓刺杀君主得逞，孔子知道此事后，吃素三天以表哀悼，然后觐见哀公希望可以征讨齐国，匡扶大义。哀公并未理会孔子的提议，见孔子不依不饶地连续三次请奏伐齐后，不得不敷衍说此事事关重大，自己需要和季孙探讨一下。这番言论相当于驳斥了孔子的奏章，因为季孙必然是不同意伐齐的。

孔子退朝回去后，对旁人说道：“我虽然没有胜任士大夫的能力，忝居其位，但是也需要做些什么，所以就算我知道谨言没用，我还是要向哀公进言。”

子路听后大为不快，愤然说道：“难道夫子的所作所为，不过是走个过场而已吗？夫子所表现出来的义愤填膺，居然是只要自己说出来，就算君主不实行也能义愤可平的程度吗？”

从子路对孔子的控诉中可以看出，就算在孔子座下四十多年，他们之间存在的沟壑仍旧无法填平。

十六

子路去鲁国的那段时间中，卫国发生了一件大事，那就是支撑卫国朝堂的孔叔圉去世了。他一去世，之前暗藏在水底的钩心斗角逐渐浮出水面。流亡在外的前太子蒯聩的姐姐伯姬就是在这种时刻显现锋芒。

孔叔圉的儿子远不及父亲有能力，虽然继承了父亲的官位，但也不过是个花架子，没有能力保护君主。于伯姬而言，如今坐在这王位上的是外甥，对王位虎视眈眈的是弟弟，二人虽同是她的血亲，但总有亲疏之分，加上三人还掺杂着许多爱恨纠葛，导致伯姬一心扶持弟弟。她经常派最爱的男宠浑良夫给弟弟送信，信中二人商量着如何将卫侯拉下王座，流放他国。

等子路再次返程回到卫国的时候，卫侯与蒯聩的矛盾已经到了顶峰，朝廷上下暗流涌动，仿佛在酝酿一场惊天动地的阴谋。

子路担心的事最终还是发生了。在周昭王四十年闰十二月里的普通一天，子路一如既往过着普通的生活，直到黄昏的一个快报，彻底打破了子路平静的生活。

这天黄昏，子路家里闯进来一位被栾宁派来的使者，使者气喘吁吁地说道："就在今天，蒯聩已经到了都城，并且来到孔府。他联合伯姬、浑良夫二人，逼迫孔悝站队。如今大势已去，栾宁已经带着卫侯逃亡到鲁国了，往后的事情，就拜托你了。"

子路听完长叹一口气，心道该来的总是逃不掉，他认命地拿起长剑直奔王宫。刚来到外门就撞上师弟子羔。子羔与子路同为孔子学生，在子路的引荐下成为卫国的大夫。子羔告诉子路内门已经关上了，子路坚持要自己去看看，子羔见无法阻止子路，叹息道："可是现在就算去了又能怎么样呢？一切都为时已晚，来不及了。”子路听到这番言论勃然大怒，斥责道：“你不是夫子的学生吗？天天听夫子传道解惑，怎么会只想着避难呢？”

他愤然甩开子羔，跑到内门一看，果然如子羔所说大门紧闭。子路只好大力敲门，只听里面传来一道声音：“不能进来！”子路愤怒回复道：“如果我没有听错，方才那道声音是公孙敢吧！你们可以为了不受伤害而丢失气节，我不行！既然领着卫侯的俸禄，就要履行职责，救国君于危难中！把门给我打开！”

恰在此时，有使者从门内走了出来，子路趁其不备冲了进去。冲进去后才发现，院子里密密麻麻站满了人，全是因孔悝拥戴新帝被召唤过来的大臣。这群大臣的脸上全是疑惑，他们也不知道该如何抉择，无论是拥护旧主还是扶持新君，都存在致命的危险。大臣茫然失措，被母亲和叔父威胁的孔悝何尝不怕，此刻的他看上去马上就要被逼无奈地宣布拥戴新君。

好在这个时候子路赶到，他大喊：“你们扣押孔悝算什么本事？快放了他！我告诉你们，就算你们杀了孔悝也没用，因为正义是永垂不朽的！”

本来嘈杂的院子在子路讲完这番话后安静了下来，大家纷纷回头看向子路，子路趁机怂恿道：“太子是个懦夫，我们在台下放火，他一定会慌张得放了孔悝。还等什么，赶快放火！”

此刻已经日薄西山，院子的角落都点着火把，子路指着那些火把道：“受过孔叔圉恩惠的人，现在到了你们报恩的时候了，快放火，救出孔悝！”

站在台上的蒯聩慌了，慌乱之中，他命令石乞与盂黡去杀掉煽风点火的子路。子路也毫无惧色，当即就与这两名刺客展开比拼，可惜的是，已过天命之年的子路体力逐渐不支，呼吸开始紊乱。

眼看着子路要输，之前还在犹豫的人立刻坚定立场，他们选择胜率最大的一方。叫骂声与碎石棍棒都朝子路飞去，这让本就体力不支的子路更加举步维艰。意外就发生在一瞬间，敌人的武器从子路脸颊擦过，带出一道血痕。就在此时，系冠的发带掉了，子路正想接住掉落的头冠时，被敌人偷袭，刺穿肩膀，刹那间，血液染红了他的整个肩膀，头冠也掉了下去。

子路倒在地上，艰难地捡起头冠，重新戴上并系好发带，用最后的力气吼道："看啊！君子就算死去，衣冠也不会凌乱的！"

子路死了，还被下令凌迟，割下来的肉用盐腌渍被做成咸肉。

与此同时，远在鲁国的孔子惊闻卫国政变，说道："子羔应该可以安全回来，子路会活着回来吗？"最终孔子的担忧化为现实，当他知道子路已去的消息后，他伫立良久，闭着眼睛回忆起与子路相处的点点滴滴，睁开眼时早已泪流满面。

当孔子得知子路被做成咸肉时，立刻扔掉家里的盐渍品。从此以后，孔子的餐桌上，再也没有出现过盐。

りりょう

一

天汉二年秋，由李陵率领的五千步兵从居延出发，一路向北，深入匈奴腹地。

越往北走，眼前的景象越萧条，如今才不过九月，还不到深秋。放眼望去，黄沙漫天，凛冽的风一吹，口鼻里全是沙尘。与江南水乡不同，塞北没有烟雨绵绵，只有黄沙漫天。这里的石头早已风化，这里的河床早已干枯，这里没有花香鸟语，只有零星的羚羊。

匈奴人擅长马上作战，所以他们的骑兵非常凶猛。按理说只有派出比匈奴更强的骑兵，才能在这场战争取得胜利。然而，李陵率领的却是步兵，他们的军队中一匹马也没有。除此之外，他们的处境也非常危险。如今他们到达浚稽山，离最近的汉要塞居延关也有一千五百里。没有充足的物资，也不会有及时的援兵，无论怎么想这都是一场注定将要全军覆没的战役。然而士兵们却义无反顾，因为他们深信着李陵，坚信在李陵的率领下，可以击退匈奴，捍卫主权。

每年秋天，匈奴就会像蝗虫一样入侵汉朝北疆。他们烧杀掠夺无恶不作，甚至连老人和孩子都不放过。五原、朔方、云中、上谷、雁门都是他们每年劫掠的地区。匈奴由于受气候与地形的影响，每到冬天他们就没有粮食，所以他们总会在寒冬降临前抢夺好粮食。汉朝泱泱大国，十分富庶，于是他们就打歪主意，年年入侵汉朝，使得每位皇帝都对匈奴咬牙切齿。在卫青和霍去病还健在的年代，靠着这两位将军的神威，匈奴被打得落花流水，甚至王朝都被打散了，使汉朝平静了一段时间。待二位将军去世后，汉朝每年都被匈奴骚扰，这一骚扰就是三十多年。如今汉朝拿得出手的将军，就只有李陵的爷爷——李广了。

天汉二年夏，匈奴来袭，李广利率领三万骑兵从酒泉出发，在天山攻击右贤王。此刻的李陵正率领五千步兵，在酒泉、张掖训练士兵箭术，用来抵抗匈奴骑兵。汉武帝召见李陵，命令他率领手下的步兵给李广利送去粮草，可年轻气盛的李陵不愿意，他跪下磕头道："陛下，我手下的士兵，个个都是人中龙凤，他们力气大到可以和老虎搏斗，射击技术好到百发百中。我请求可以单独成为一支能够与匈奴搏杀的军队，借此可以分散单于的兵力。"

汉武帝听后有些犹豫："可是我没有多余的马可以给你。"

李陵回复道："没有关系，我可以以少击多，用五千步兵踏平匈奴王廷。"汉武帝听后龙心大悦，立即同意李陵九月发兵。

李陵先是回到张掖，整理好队伍后雄赳赳气昂昂地向北进发了。驻守在居延关的将领路博德得知这一消息后，立刻赶去迎接李陵，带他们到驻地好好休整一番。

然而，事情是不会如此顺利的。路博德是一名老将，他年轻的时候跟随霍去病讨伐匈奴，一度官拜侯爵，封号邳离侯。十二年前，他率领十万士兵出征南越，不费吹灰之力就把南越一举拿下。曾经的风光，因渎职被削爵后烟消云散。这个年龄可以当李陵父亲的大将，如何能让他心甘情愿地对李陵卑躬屈膝呢？

所以，他在迎接李陵的同时，派人向汉武帝递去奏章，上面写着：

现在正是匈奴兵马最强劲的时候，仅仅凭借李陵的五千步兵是抵抗不了匈奴的铁骑。与其送李陵白白牺牲，不如让李陵在居延关过冬，等天气暖和后，再从酒泉、张掖各调五千骑兵，这样才能和匈奴抗衡。

李陵对路博德启奏一事毫不知情，但是汉武帝却以为这是李陵与路博德商量后得出的结论。他被这奏章气得勃然大怒，骂道："好你个李陵，当初是如何夸下海口说五千步兵就能杀匈奴，现在倒好，刚进居延关就心生退意，你是如何统帅这五千步兵的！"

于是他立刻写下两封诏书，一封给路博德，一封给李陵。汉武帝先回复路博德，写道："李陵在我面前夸下海口，说可以以寡敌众，所以你没有必要给他援助。现在匈奴入侵西河，情势严峻，你可以留下李陵，率兵前往西河，断掉敌人的攻击线路！"随后给李陵写道："赶快去漠北，看看浚稽山到龙勒水这一带有没有异常。如果没有异常，就把浞野侯到受降城的旧路修理一遍。"

汉武帝对李陵的要求算得上是刁难了，就算不把步兵身在敌方的危险因素考虑进去，单单就指定的几千里路程，对没有马的步兵来说，要走完也是非常困难的。他们不仅仅是要走遥远的路途，还需要推着笨重的粮车，抵抗塞北凛冽的寒风。任谁都能看出来，这是非常困难的事。

汉武帝虽然不是庸君，却也有许多缺点。举个例子，深受汉武帝喜爱的李夫人有个哥哥，是汉朝的将军。因汉武帝十分喜欢大宛产的马，下令拿下大宛。哥哥奉命出征大宛，经一番争斗后，因兵力不足不得不班师回朝休整一番，却因为不小心得罪了汉武帝被拦在关外。

君要臣死，臣不得不死。无论汉武帝写给李陵的诏书有多么离谱，他都必须照办，不得违抗，更何况是李陵自己主动请命愿以寡敌众抗击匈奴的，更没有立场反驳汉武帝。李陵想通后，便率领士兵即刻北上。

他们在浚稽山待了十多天。这十多天里，李陵派出士兵观察地形，将其绘成地图，然后交给一个士兵，让他骑马回汉朝将图纸交给汉武帝。这位士兵接过图纸，向李陵拜别后，快马加鞭，没一会儿就消失在这苍茫的山野中了。

说来奇怪，他们在浚稽山的十多天里，竟然连一个胡兵的影子都没看见。

这些天里，李陵得知了李广利军队遭遇不测的消息。原本李广利率军讨伐右贤王大获全胜，但是在归途中遭遇匈奴埋伏，导致汉军有六七成覆灭，李广利将军也在这场埋伏中牺牲。这消息传到李陵耳朵里的时候已有些时日，李陵不禁悲从中来，但是他没有时间悲伤，他必须推算出埋伏李广利的匈奴军队的位置，才能为他们报仇。将军公孙敖在西河作战，路博德在朔方对抗外敌，从时间上算，这些匈奴军队都不是埋伏李广利的主力军。考虑地形、脚程等因素，无论怎么推算，那群主力军都应该在李陵军宿营地到郅居水之间。

李陵每天都要站在山顶上眺望，除了偶尔出来觅食的动物，竟没有其他活物。放眼望去，只有一望无尽的沙漠和稀疏枯草，仿佛这天地之间只有他们存在。

塞北的夜晚十分寒冷，李陵命令队伍围着帐篷团坐在一起，差人在中间升起篝火，汲取这来之不易的温暖。他们刚到这里时月亮还是圆的，如今月亮已经从圆月变成残月，粗算下来，他们在这里也待了小半个月了。塞北虽然风景萧瑟，寒风刺骨，但是夜晚的星星却是汉朝比不上的。每天夜里，哨兵都会望着明亮的天狼星，祈祷平安顺遂，而天狼星就像是回应哨兵祈祷似的，总是散发出淡青色的光芒。

这天夜里，哨兵像往常一样看着星象。明天就要出发了，他们习惯用星象占卜行程是否顺利。正当他迷迷糊糊望着一如既往明亮的天狼星时，突然发现在天狼星周围出现了从未见过、泛着红色光芒的星星，正当他迷惑时，看见红色星星多了起来，遥遥望去，竟像是要把天狼星围在里面。还没来得及叫其他人起来看这等奇景，那些红色星星就突然消失了。哨兵揉揉眼睛，只有一颗天狼星挂在天幕上。

哨兵不敢怠慢，立即冲进李陵的帐篷内汇报了这件事。李陵听后，立刻传令，让所有人在天亮时立即进入紧急备战状态，待他交代完后，自己返回帐篷内倒头就睡，不一会儿就传来打雷一样的鼾声。

第二天天一亮，李陵醒来走出帐篷，发现所有人都已经进入备战状态。士兵们将军车挡在里面，用长戟的和拿盾牌的站在队伍前面，百发百中的弓弩手则排在最后面。他们警惕地观察周围，仿佛在巨石下隐藏着不为人知的危险。

当山谷的黑暗被阳光驱散时，隐藏在黑暗中的胡兵也显露出来。之前视察山谷还是空旷的，如今竟密密麻麻布满人影。随着一声惊天动地的吼叫，如蚂蚁一般密集的胡兵朝着这边冲过来。眼看着距离越来越近，李陵依旧没有下达号令，待胡兵距离汉军只有不到三十步距离的时候，汉军敲响第一声军鼓，只见排列在后的弓弩手万箭齐发，数名胡兵中箭倒下。机不可失时不再来，汉军趁胡兵被箭矢射得自乱方阵时，让前排长戟士兵向前作战。胡兵的哀号与汉军的怒吼响彻山谷。胡兵自知不敌汉军，连忙沿着山路出逃，汉军士气正足，乘胜追击，又取了不少胡兵性命。

这场仗汉军以寡敌众胜得漂亮，士气前所未有的高涨。但是李陵并没有被胜利冲昏头脑，他深知这是单于的军队，必然有援兵到达战场。李陵果断地下达撤退的命令，不再冒着危险向前到受降城，而是选择原路返回到居延关。

汉军向居延关出发三天左右，身后就传来胡兵追赶的马蹄声。三天前被打败的胡兵搬来救兵后，骑上快马追赶汉军，想一雪前耻。汉军的脚程自然是比不上胡兵的铁骑，没一会儿汉军就被胡兵包围。也许是先前的战败让胡兵有些忌惮，他们并没有立刻上前攻打汉军，而是保持较远的距离观望，选择用弓箭击破汉军。李陵不得不停下，让军队摆好阵型迎接作战，可是胡兵一见他们摆出阵型，就往后退去，避免近战，一旦汉军赶路，他们就重新射箭骚扰。他们就像鬣狗一样穷追不舍，几天下来，汉军受到不小的打击。

在一边战斗一边撤退的情况下，物资奇少的汉军已经遭受巨大的创伤。行至山谷，李陵下令停下休整，他清点人数后发现，此刻的战斗力不容乐观，于是不得不让伤势较轻的人继续战斗，伤势较为严重的负责推送军车，协助前线作战，只有伤势十分严重的士兵，才能休息。由于人力不足，那些牺牲的士兵只能留在深山中，与大地融为一体。

当晚，李陵照例检查物资车，居然发现一个女扮男装的人躲在车里，他当时心里一沉，将随军的十几辆车一一检查后，竟揪出十几个女人。这群女人是盗匪的妻女，当年剿匪后，这群女人被赶到西地，其中一些女人留下来，与边境的士兵成家，一些女人做起皮肉生意，这群士兵就是她们的客户。李陵冷眼看了看这群跪在地上瑟瑟发抖的女人，毫不留情地命令士兵将她们处死。那些将她们藏到车里带到漠北的士兵没有说一句话，只是默默地看着她们被处死。女人尖锐的哀号声响彻山谷，紧接着就是一阵令人作呕的血腥味。女人们的哭闹声很快消失，她们永远葬送在这吃人的黑夜里。

第二天一早，胡兵出乎意料地选择近战，憋了一口气的汉军大肆挥杀敌军，竟然取了三千多胡军性命。这一场战役的告捷，也让萎靡已久的士气高涨起来。

次日，李陵率领军队沿着龙城古道继续向南撤退，匈奴又开始进犯。到了第五天，汉军陷入沼泽里。沼泽很深，到膝盖的位置，更危险的是，因为天气寒冷，沼泽地的水被冻住大半，若深陷其中，很难挣脱出来。沼泽地的周围是连成一片的芦苇，一眼望去竟然看不见芦苇地的尽头。胡兵趁机放火，大火借着风势，很快吞噬了芦苇地，眼看着汉军要深陷火海，多亏李陵指挥，才让汉军躲过这场灾难。

众人从火海下逃生已经是筋疲力尽，又要穿过沼泽。在没有休息的情况下，他们花费一夜的时间穿过这片沼泽，拖着满身泥泞的疲惫身躯，终于到了山谷，没成想还没松口气，就遭受到敌军的埋伏。疲惫的汉军架不住攻势凶猛的胡兵，无奈之下，李陵只好抛下兵车，带领军队到山里的树林中。

李陵一声令下，无数飞箭从林中齐发，不少胡兵被流矢击中，更幸运的是，驮着单于的战马被流矢惊吓而失控，导致单于从马上摔下。单于的亲卫队立刻去救驾，骑着马一左一右向单于奔去，拉着单于的胳膊往上一提，就轻松将单于重新提回到马背上。胡兵围在单于身旁，摆出保护的阵型后匆匆撤去。这场战斗前所未有地艰难，虽然又收获敌军数千人头，但汉军也付出相同的代价。

李陵从被俘虏回来的胡兵口中撬出了一些情报。据他说，当单于知晓李陵只率领五千兵力就敢与十万大军的胡兵一战高下毫无惧色，就担心这背后隐藏着什么阴谋，更何况在胡兵的骚扰下，汉军依旧坚持南下，怎么看都像在诱敌。主战派则认为单于的担心有些多余，就算存在阴谋，在十万大军对上五千军队的强势威压下，阴谋诡计都显得不重要了，更何况若单于亲率的军队败于区区一支弱旅，这怎么能服众。单于听后觉得很有道理，于是决定在以南四五十里外的山谷埋伏猛攻，到了平地后奋力一战，如果这样还拿不下李陵，再撤退回来。韩延年听完这些情报后，心里涌出一丝可以活着回来的希望。

次日，匈奴的攻击果真如同俘虏所说的那样，先是在山谷里埋伏，然后到了平地全力一战，遭到汉军殊死搏斗，死了两千多人后，最终撤退。虽然区区士卒的话不能全信，但是这一模一样的发展让幕僚们稍微放了些心。

当天晚上，一个叫管敢的汉军从队伍里逃出，偷偷溜到匈奴投降。这个人以前是不学无术的纨绔子弟，就在前一晚因出言不逊被韩延年当众教训，因此怀恨在心，想借单于的手替自己报仇。后世还有种说法是，李陵下令处死的女人中有他的妻子，所以他才会这么恨。

管敢被带到单于面前，非常直接地出卖了汉军，说道："你们其实没有必要撤军。昨天李陵他们抓了一个俘虏，这个胡兵俘虏将你们的打算都供出去了。现在汉军处于孤立无援的状态，他们弓箭已经用完，并且不断出现的残兵使这支队伍寸步难行。汉军的核心在于两位将军，一位是执黄旗的李陵，一位是执白色军旗的韩延年，只要拿下他们率领的队伍，那么拿下汉军就不在话下。"

单于听后十分高兴，叫人赏赐管敢，然后撤回返程的命令。

次日，胡军高呼拿下李陵、韩延年的口号，向汉军发起猛烈的进攻。此时的汉军已经到了穷途末路的时候了，他们的箭已经用完，长戟盾牌也已经损失过半，无奈之下，士兵们卸下兵车的车轴，当作武器与敌人作战。在匈奴绝对优势的碾压下，汉军溃不成军，一具又一具的尸体不断垒上去，他们已经无法前进了。

这天夜里，李陵换上轻便的服装，留下一句不要跟过来的命令，独自消失在黑夜里。他没有说去干什么，但从他的衣装上不难猜出，他要去刺杀单于。

众人都心情沉重地等待李陵的消息，良久，帐篷被掀开，李陵叹口气，说："我们只能战死在这个地方了。"

听完李陵的结论后大家都沉默了。过了一会儿，有人说，从前赵破奴被匈奴活捉，逃回汉朝后皇帝并没有责罚他。在座的幕僚都明白这番话的意思，没有立功的赵破奴都没有被责备，更何况是只率领五千军队就能震撼拥有十万匈奴兵马的李陵呢？

李陵并没有接他的话，而是说道："我的事暂时不提。如果我们还有箭，还有可能脱困，但是我们一支箭也没有了，按照这种情况，天一亮我们都会被胡军剿灭。现在唯一的办法就是趁着夜色，大家分散逃出重围，只要一人能到达边塞，就可向天子禀报军情。"

当天夜里，每位士兵都得到了逃向边塞的命令。李陵与韩延年率先带领士兵冲出，他们打算从山谷的东口进入平地，再往南方赶去。虽然大部分人趁其不备到了东口，奈何速度比不过快马，绝大多数人都葬身在了山谷。不过也有十多人趁乱夺走了匈奴的马匹，快马加鞭地朝边塞赶去。

李陵见有数百名士兵安全逃离往边塞赶去后，又折回来继续投身战场。此刻的他身受数箭，战衣被鲜血浸透。韩延年死了，军队没了，李陵抱着必死的觉悟要与敌人战个你死我活。他紧握长戟冲向敌军，可身下的战马被流矢击中，李陵被颠得往前倾斜，又被匈奴击中脑袋，当场晕过去。匈奴见状，纷纷围过来，都想活捉李陵立功。

二

这五千汉军在九月的时候还雄赳赳气昂昂地北上讨伐匈奴，短短几个月就被打得落花流水，拖着残破的身躯回到边塞，将失败的消息传到长安。

本以为会大发雷霆的汉武帝对他们并没有过多责骂，毕竟连主力军李广利都打了败仗，更何况是不被看好的一支小分队呢？除此之外，汉武帝收到消息后，和剩下的将士想法一样，也以为李陵战死沙场。而一开始奉李陵之命回到长安报讯的陈步乐不得不选择自杀。

次年，当李陵并未战死沙场，而是被匈奴所俘虏的消息传到汉朝后，让汉武帝大为震怒。此时的汉武帝虽近花甲之年，但体格不输年轻时的状态。原本汉武帝直率豁达，不拘小节，但自从步入中年之后，他逐渐走上了寻丹问药的道路。他和过去的皇帝一样追求长生，然而却被巫师骗得团团转。汉武帝多年未找到长生药，不免有些变化，他开始变得偏激、猜疑。之前担任过丞相的李蔡、赵周等人都被赐予死罪，所以公孙贺接下担任丞相的圣旨后，居然被吓得流泪了。汉武帝身边的忠臣越来越少，在他毫不顾忌地打杀大臣后，留在他身边的大臣不是老奸巨猾的奸臣，就是残酷暴戾的酷吏。

汉武帝上朝就李陵的惩罚一事进行商讨。李陵虽被俘虏在外，但他留在城内的妻儿受到了牵连。有位廷尉向来残酷，他根据汉武帝的眼色，说出惩罚李陵的方法。有人曾经质问过他心中是否有律法，他回答道："先皇认为什么是对的，就将此列为法律，如今的皇帝认为什么是对的，也写入到律法中。这世上没有所谓的律法，皇上就是律法。"

朝廷大臣们和这廷尉都是一丘之貉，他们没有一个人站出来替李陵辩解，反而落井下石，声称自己为曾经与李陵这个卖国贼共处一堂感到羞愧，更有甚者通过解读李陵平日里的行事风格，证明这一切早已有迹可循。可悲的是，就连李陵的堂弟，身为血亲，为了自身的荣华富贵，也不惜站出来诋毁他。在这个谣言杀人的朝堂内，沉默竟然是保护李陵的方式。

朝堂之上充斥着对李陵的怒骂，只有一个人冷眼旁观这一切，他便是司马迁。他还记得，这群骂得唾沫横飞的人，在几月前还为李陵出征饯行，当初他们对李陵赞不绝口，说以寡敌众的气魄不愧为大将军李广的后人。这群谄媚的无耻朝臣和听不得实话的君主，仿佛是一场荒诞闹剧中的人物。

也许汉武帝注意到了这个沉默的人，他询问司马迁的看法。司马迁不屑阿谀奉承，他支持李陵的观点在这朝堂上显得十分突兀。整个朝堂鸦雀无声，只听他一人不疾不徐说道："回想李陵平时的作为，可以知道他待人友善，十分孝顺。他在书信中常常写到，若敌国来犯，不惜以命保国。如今惜败匈奴，被囚于外邦，想必希望远在故乡的妻儿能够平安喜乐，没想到会有一群小人试图用胡言乱语，放大李陵的过失，歪曲事实，借此来蒙蔽君主，还请圣上可以明鉴。再者，李陵这次只带领五千步兵，就敢深入敌营腹地，与敌人周旋几月，他们的箭用完了，兵器也损失了，无奈之下赤膊上阵，凭一腔热血捍卫国家尊严。虽然李陵率领的军队战败了，但是他在这场战争中所展示的大将风采，难道不值得被褒奖吗？换个角度想，李陵被俘虏到敌国而没有选择自杀，难道不是为了在敌国收集军情，方便之后报答汉朝吗？"

司马迁的一番肺腑之言让朝堂鸦雀无声，大臣们都屏住呼吸，生怕一不小心触犯龙威。他们小心翼翼地抬眼去看汉武帝，这一眼便吓得立刻垂下头，不敢再看。

司马迁退下后，立刻有人向汉武帝禀报说司马迁与李陵关系甚好，且与贰师将军有矛盾。之所以在御前夸赞李陵，是因为想让陛下借此对无功而返的贰师将军发难。朝中大臣听后点头赞同，并斥责司马迁区区小官，也敢在御前失仪，实属不恭。在众大臣你一言我一语的煽风点火下，司马迁竟然比李陵族人因李陵一事更早受到惩罚。

中国古时候有四大刑罚，分别是在身体上刺字的黥刑、割掉鼻子的劓刑、砍脚的剕刑和阉割的宫刑。汉文帝在位时，废除了黥、劓、剕三种酷刑，但并没有废除宫刑，司马迁遭受的正是这种刑罚。

虽然在我们看来司马迁是一位伟大的历史学家，但是在那个时候，司马迁仅仅是个微不足道的太史令。认识他的人都觉得他是个性情古怪、独来独往的怪人，虽然他头脑聪明，冷静自持，但是他总与人据理力争的时候，时常让别人尴尬难堪。所以，就算司马迁遭受了宫刑，他们也不觉得奇怪。

司马一族自周朝开始就担任史官一职。如今汉武帝年间，出任史官一职的是司马迁的父亲——司马谈。司马谈博览群书，学富五车，尤其对道儒两家的学问颇为了解，并且将这两派学问的精华融为一体，形成自己独树一帜的观点。他的教育方式也与寻常人不同，每当司马迁听完百家思想后，司马谈都会让他游历四方，不仅要让司马迁读万卷书，还要让他行万里路。也正因司马谈的言传身教，才能成就独一无二的司马迁。

司马谈的毕生梦想是能够写出一部贯古穿今的历史著作，然而他年事已高，常年病卧在床，临终之前，他拉着司马迁的手，嘱咐司马迁修正史书，司马迁含着泪答应了。

在司马谈去世后，司马迁继承了太史令一职。他本想靠着父亲传给他的史料，立即投身修正史书，没想到成为太史令的第一件事，就是要修订历法。这一修便修了四年，等历法修订完成后，四十二岁的司马迁才有时间着手完成父亲的遗愿，创作《史记》。

与以往的史书不同，司马迁想要编撰的史书比起讲道理更注重史实。以前的史书更注重人物描写，往往会忽略背景因素。不仅如此，以往的史书更注重于让当代的人了解过去的事，并不会考虑让未来的人了解当代的事。总而言之，以前的史书没有一本是司马迁满意的。

父亲留下的文献以及司马迁本身具有的才华，使得他在创作《史记》的时候十分顺畅。当他修正《五帝本纪》和《本纪》的时候，他只是一个没有感情的记录历史的机器，可当他修正《项羽本纪》后，他这台严密的机器开始动摇，他甚至感觉项羽进入了他的身体，使得他与之产生美妙的共鸣，所以他写出的《项羽之死》才能成为千古绝唱。

当他写出“力拔山兮气盖世，时不利兮骓不逝。骓不逝兮可奈何！虞兮虞兮奈若何”时，又有点疑惑，自觉感情太过充沛，看着不像史记而是一部人物自传。他本来想修改，抹去跃于纸上的情感，但是他又开始纠结，如果没有这强烈的感情，项羽就成了自己笔下的一个符号，那这还是项羽吗？他开始反思，是不是太过纠结“史实”，陷入史实只能白描不能工描的误区，其实单纯记录也好，描写细腻也罢，只要不歪曲史实，不都是史记吗。若根据历史人物来选择合适的描写手法，这不是更还原史实吗？

汉武帝在年轻的时候是一位心胸开阔的明君，他尊重文化、尊重历史，所以会给身为太史的司马一家额外优待。在他的默许下，司马迁不用在风起云涌、诡谲多变的朝廷上和大臣们钩心斗角。

在汉武帝的庇护下，司马迁过了几年舒心的日子。他不像其他官员一样戴着厚厚的面具逢场作戏，他从来不屑伪装，从来都是率性而为，常常将官员们驳斥得哑口无声。

本来以为可以这样走完一生，谁曾想灾难突至。司马迁受刑后躺在床上，身下的木板床硌得骨头很疼，但这些疼痛相比宫刑已经微不足道。鼻尖总是萦绕着散不去的血腥味，蚕室内昏暗狭小，目光所及之处只有那矮矮的屋顶。

他靠在墙上，茫然失措。在为李陵辩解之前，他已经做好死亡的准备，也想过在文武大臣面前顶撞陛下可能死无全尸，但是万万没想到竟会遭受宫刑。在他看来，宫刑是惩罚小人的刑罚，像他这样慷慨赴义之士，应该会被赐车裂，但现实总是如此滑稽。他无时无刻不在祈祷这是个噩梦，但他每次睁开眼睛，地上躺着的三五人总会用哀号声提醒他这是现实。愤怒与耻辱在胸腔内积成一团黏稠的乌云，想倾诉出来，可那些悲苦的话仿佛黏在嗓子里，吐不出来，只能化成几声呜咽。

在郁郁寡欢的几日里，他时常思考究竟是谁造成了自己的悲剧。最开始，他自然是仇恨汉武帝的，但是历史学家的理性让他很快清醒过来。和那群酸儒不同，身为历史研究者自然对帝王的评价有自己的一套标准，为了保证历史的真实性，他必须做到记录历史的时候不掺杂私人感情。因此，就算汉武帝下令处以宫刑，司马迁也不能污蔑汉武帝是个残暴冷酷的昏君。他非常明白，在汉武帝的统治下，大汉才能在内忧外患的风雨中屹立不倒。也正因为过于清醒，司马迁才会异常痛苦。

于是司马迁把仇恨转移到朝中的奸臣身上。迄今为止，司马迁对于朝廷中的墙头草从来没有这么愤恨过。从某种角度看，这群墙头草甚至比贪官污吏更让人厌恶。在国家大义面前，他们只会苟且偷生，拿着俸禄却对国家大事冷眼旁观，内心从没有生出一丝愧疚。这群墙头草的佼佼者，当属丞相公孙贺，虽然杜周之流也让人不齿，但他们好歹知道自己是什么货色，贵在有自知之明，而公孙贺却总是一副老好人作态，总是觉得自己所做不过是为了维护和平。这种没有自知之明的墙头草，司马迁也不屑仇恨他。

司马迁甚至想过，是不是自己做错了什么才造成如今这个局面。为李陵辩护是导致自己遭遇的导火索，可无论怎么想，他都不觉得自己这件事做错了。他只是不愿意成为只会阿谀奉承之徒，只是用史学家的眼光替李陵说了几句话。虽然他做好了难免一死的心理准备，但处以宫刑让他无法接受。

司马迁就像一头受伤的野兽在蚕室内呜咽着、走来走去，他像是在寻找出口，想要逃离这个屈辱的地方，但最终只能跌坐在地上发出不甘的怒吼。他经常自残，把自己撞得头破血流，仿佛只有这样才能分走一丝屈辱。他想要死去，每当有这个念头的时候，脑海里总有什么东西阻止着他。他也不知道这是什么，身体的疼痛和内心的屈辱让他忽略内心微弱的声音，不过也正是这微弱的心声，才让他继续活在这个世上。

当他被释放出来回到家后，他才想起在这自怨自艾的一个月里，他竟然没有修史。也是在这个时候，他才恍然大悟，阻止自己自杀的，就是刻在骨子里的修史的使命。

十年前父亲在病床上的叮嘱犹在耳畔。为了完成父亲的遗愿，完成修史这一项艰巨的任务，他不得不一遍又一遍地告诫自己，自己不过是一粒微不足道的尘埃，在修史这项工作完成之前，绝不能撒手人寰。这个曾经不可一世的男人为了修史，不得不将自己贬低到尘埃里去，只有这样，他才能心安理得地活下去完成父亲的遗愿。自那以后，他感觉脑海里分裂出两个人，一个教唆自己自杀，离开这个肮脏的世界；另一个劝说自己苟且活下去，为了修史的任务。这让司马迁非常痛苦，他不得不想象自己的肉体已经消亡，还苟活在这个世界上的，只不过是修史的工具。

五个月之后，司马迁重新拿起了笔。这个时候，他没有当初修史的喜悦和兴奋，而是仅仅凭借责任感，揣着一口气完成的。有些后悔的汉武帝把司马迁升为中书令，但司马迁对此却没有感到喜悦。现在已经没有什么能够在他心里掀起一丝波澜，现在的他只会废寝忘食地修史，仿佛只有这样，他才能尽早完成使命，以结束生命获得自由。

就这样持续度过了一年后，司马迁终于发现，当自己丧失了生活的快乐时，还能够体会到修史带来的喜悦。就算这样，他也依旧沉默，苦难带来的凄厉也没有缓解一分一毫。当他在修史的时候不得不写下“宦官”或“阉人”这些戳痛他内心的字眼时，他就会开始浑身发抖，身体仿佛触碰到被炙烤后的铁片，只有不停地低吼着走来走去才能缓解些许痛苦，许久才能恢复平静。

三

李陵睁开眼，发现自己在单于的帐篷内。现在摆在他面前的有两条路，一是自杀免得遭受屈辱，二是暂时投降，届时寻找机会逃回大汉。想到自己的军功可以抵消战败的结果，李陵选择暂时屈服匈奴，再找机会回去。

单于贵为匈奴王，亲手为李陵解开束缚，并且下令优待这位值得尊敬的对手。单于的弟弟是一个有着健壮的体魄，留着浓密胡子的壮汉，他十分真诚地对李陵说，自己跟随几代单于与汉军交战，从来没有遇到过像李陵这么有勇有谋的将领，不愧是李广将军的后人，如李广将军一样让人敬佩。李广将军能够不借助外物，仅凭拳脚制服老虎，还有射穿岩石的故事在匈奴家喻户晓。李陵之所以能在匈奴得到这群人的优待，是因为是强者李广的后人，而且自己也是英勇善战的强者。匈奴是一个弱肉强食的地方，只要英勇善战，就能够得到人民的尊敬。

对李陵来说，从来没有体验过的稀奇的生活开始了。他住的是帐篷，吃的是牛羊肉，喝的是牛奶，穿的是兽皮制作而成的衣服。这里的人们生活单调，每天只有放牧，狩猎和抢夺他国资源，他们日复一日，重复着单调无聊的生活。在这个高原上除了单于，还有其他首领。除了单于管辖的土地之外，剩下的土地都被划分给其他王，牧民只能在各自归属的土地范围内活动。这个国家不像汉朝，这里没有城墙也没有农田，唯一相似的是这里也有村庄，但是人们会随着季节的变化而迁址。

虽然单于十分欣赏李陵，但是他并没有赐给李陵土地，而是让李陵跟随自己。李陵常年伴在单于身边，时常找机会刺杀单于，但始终没有成功。就算有一天刺杀成功，他提着单于的脑袋也难以逃出这荒芜的高原。无奈之下，李陵只好选择蛰伏起来，等待回汉朝的机会。

除了李陵，还有其他几个投降单于的汉人。其中混得风生水起的汉人名叫卫律，他虽然不擅长骑马射箭，但是官拜丁陵王，颇受单于青睐。卫律虽自小长在汉朝，但因为父亲是胡人，他身上流淌着一半胡人的血。他以前曾效力于汉武帝，几年前因为李延年事变，害怕受到牵连，就举家逃到了匈奴。可能是身上一半的胡人血脉起了作用，他到了匈奴之后并未感到不适，反而很快融入当地。不久，他的才华在逐渐显露出来，单于对他颇为欣赏，经常邀请他到帐中出谋划策。虽然被俘虏到匈奴的汉人不止李陵一个，但李陵颇看不起这些俘虏，觉得没有一个人有资格与他商讨回国的大计。而其他汉人可能是出于羞愧的心情，也不怎么彼此来往。

有一天，单于到李陵的帐内，向他请教如何制服东胡的策略。由于东胡也是汉朝的敌人，所以李陵毫不犹豫地发表了自己的看法。单于听完不由赞叹李陵实乃将才，说完笑着走出帐篷。又有一天，单于请教相同的问题，只不过这次的敌人不是东胡而是汉军。李陵的脸色明显地黑了下来，他闭口不言，显然不愿意再说。单于也没有逼迫李陵作答，而是叹了口气，走出帐内。很久之后，单于请李陵率领将士去抢夺代郡、上郡的部队，李陵一口回绝，坚决表示自己不会站在胡人这边与汉军作对。也是从这次起，单于再没有向李陵提出类似的要求，虽然李陵义正词严地驳斥了单于，但是单于并没有因此怀恨在心，还是一如既往地礼待他。虽然李陵不能为匈奴所用，但是本着爱惜将才的心，单于也不会苛待李陵。仅从这一点上看，单于也是一位顶天立地的大丈夫。

单于的大儿子左贤王，对李陵有种天然的好感。左贤王不过二十出头，还是个热血方刚的青年。比起大汉朝的青年而言，左贤王虽粗野了些，但是眉宇间透露的刚勇，却是世间少有的。他想拜李陵为师，让李陵教自己骑射。说起骑射，左贤王骑马的功夫并不比李陵差，甚至还更胜一筹，所以李陵只需要教授射箭功夫足矣。当李陵对左贤王说起祖父李广的骑射功夫时，青年眼睛瞪大，毫不掩饰地流露出崇拜。两人常常结伴出去打猎，仗着自己功夫好，往往只带几名随从。他们骑着快马，尽情在草原上驰骋，追赶着豺狼、羚羊等猎物。

有一天，快到傍晚，箭筒早已经空了。就在这时，两人遭遇狼群包围，随从还在远处。就在这危难之际，两人使劲鞭打坐骑，用最快的速度冲出狼群。就在此刻，一只狼跳到李陵的马屁股上，好在被左贤王看见，迅速抽出刀砍向那只狼。待他们从狼群里突围出来时，才发现胯下的快马已经被狼群咬得鲜血淋漓。当天夜里，二人在帐篷里架火煮汤，涮着肉片，喝着烈酒，不需多言，也能感受到暖暖的情谊。经历此番，李陵看着这不停往嘴里塞肉的年轻胡人时，心里不由生出阵阵温暖，生死之交，莫过于此。

天汉三年秋，匈奴又一次侵略雁门。为了复仇，第二年，汉武帝就命李广利为贰师将军，让他率领六万骑兵和七万步兵出征北方，并且派遣弓箭手路德伯率领一万步兵前往支援。与此同时，因杅将军公孙敖率领一万骑兵和三万步兵出雁门，游击将军韩说率领三万步兵出五原，二人各自出发。此时攻打匈奴的军队规模是前所未有的壮大，看得出汉武帝誓要踏平匈奴的决心。

接到消息后，单于立刻下令，将没有战斗能力的老幼病残，以及所有资产都转移到余吾水以北，自己则率领十万军队，迎难而上，到余吾水南部的草原上与李广利、路博德率领的大军直面交锋。艰苦奋战十多天后，汉军在单于率领的军队下讨不着好处，最终不得不选择撤退。与此同时，李陵的生死之交左贤王，则率领军队前往东面的草原，在那里和因杅将军对战，最终取得胜利。就这样，汉军抱着踏平匈奴的志气来势汹汹，最终只能灰溜溜地班师回朝。

在这场战役中，李陵和往常一样，不愿意为单于效力对抗汉军，他只好退到水北，等待战果。不过这次的心态与以往不同，因为这次他十分挂念好友左贤王的安危。他希望汉军能够大获全胜，但又不希望左贤王在战斗中死去。察觉到内心的动摇后，李陵狠狠地谴责了自己。他自责为什么会因为这样关系而不坚定立场。

在此次战役中，公孙敖不仅没有取得任何胜利，反而折损了不少部下，所以当他被左贤王打败，灰溜溜地回到京城后，就被汉武帝扔进大牢。为了开脱罪名，公孙敖甚至编造谎言，他诡辩道，自己之所以会败给左贤王那个毛头小子，是因为那胡人率领的兵卒，都是李陵操练出来的。虽然公孙敖编造的这个理由并不能为他洗脱罪名，但是汉武帝听了之后，还是勃然大怒，他未经调查，就将李陵一族全部投入监狱，与李陵血缘关系较近的亲属，上至母亲下至幼子，通通被处以死刑。人们都以为李陵是叛国贼，就连李陵老家陇西的士大夫，都以陇西出了李陵而感到羞耻。

当李陵听到这些消息的时候，已经是半年后了。那时候，胡人将边境上的汉军绑了过来，李陵正是从这人的口中得知自己在汉朝受到多么大的污蔑，而自己的一家又因为这莫须有的罪名受到牵连。李陵不愿相信，揪着那名汉卒的衣领不断摇晃，见那人说的不似假话，才无力地放手。李陵对那名汉卒的痛苦呻吟视而不见，扔下他后冲出帐篷。

他在这荒凉的草地上不停奔走着，哭到眼泪都流不出来，他想起出行前家中的母亲和年幼的儿子，心脏仿佛被架在火堆上炙烤，无比痛苦。多年来的蛰伏仿佛是个笑话，没有人愿意相信自己并未投降，一句轻飘飘的挑拨离间，就能让汉武帝毫不留情地灭自己全族。

李氏一族不是第一次遭受这样的对待。李陵是由祖父李广一手养大，他的父亲在他出生几个月后就撒手人寰了。李广一生为人正直，英勇善战，虽然在对战匈奴中屡建奇功，但是在奸臣的挑拨下，帝王家从来没有赏赐过李广应得的奖赏。李广将军麾下的将领们都加官进爵，唯独李广得不到任何赏赐，这导致李广虽声名在外，却清贫一生。有一次，李广和大将军卫青发生了矛盾，卫青颇为尊敬李广，倒也没有在意，反而卫青的手下借着卫青的威名，私底下狠狠羞辱了李广一番，性情刚烈的李广激愤之下自刎。时隔多年，李陵也忘不掉自己听闻祖父自刎时的悲愤。

李陵的叔父李敢为了替父亲报仇，专门跑到大将军府上狠狠羞辱了卫青，卫青并没有放在心上，他的外甥霍去病倒是替舅舅打抱不平，在甘泉宫狩猎的时候故意射死李敢。汉武帝明明知道事情的来龙去脉，却依然选择包庇霍去病，对外说李敢是被鹿顶死的。

想到种种往事，李陵身上涌出阵阵怒火。他想到刚才那人说，陛下是因为听了自己操练胡军才勃然大怒。虽然自己并没有背叛汉朝，但是他想到在受降的汉军中有一位叫李绪的将领，他经常传授胡军战略，一定是汉武帝将李绪误认为是自己才导致李氏一族悲剧的发生。

当天晚上他就来到李绪的营帐中，没有说一句话，也不听李绪的任何一句辩解，手起剑落就将李绪杀死。

翌日，李陵就来到单于的营帐内，向单于讲了自己的所作所为，单于安慰他说不必担心，只不过碍于母亲的原因，让李陵去西北的额林达班领的山麓躲藏一段时间。因为单于的母亲与李绪关系不清不白。虽然按照匈奴的风俗，在父亲去世后，留下的妻妾都可以由大儿子继承，但是生母是不在继承范围内的，毕竟每个人对自己的母亲都有尊敬之情。李陵遵从单于的建议，躲到北方的山麓中躲风头。

等单于的母亲撒手人寰后，李陵才被单于重新召回来。此时的李陵看上去完全变了一个人，从前他誓死也绝对不会为针对汉朝的战争出谋划策，现在却主动参与到讨伐汉朝的讨论中。单于对此十分欣喜，决定将自己的女儿许配给他，并封李陵为右校王。在此之前，单于也多次提出将女儿许配给李陵的想法，但都被他拒绝，这次他却没有拒绝，而是干脆地将单于女儿娶了进来。

恰在此时，正好有一支队伍要到张掖边境抢夺资源，李陵自告奋勇加了进去。他本以为自己可以放下的，但是走到浚稽山的时候，他就已经被压得喘不过气来了。自己脚下踏着的是曾经战友的白骨，身边跟着的却是昔日的敌人。李陵腿脚开始发软，他实在是做不到跟着匈奴厮杀汉军，于是他谎称生病，连夜赶回北方。

太始元年，且鞮侯单于去世，与李陵交好的左贤王继位，号狐鹿姑单于。李陵虽然是匈奴的右校王，但他仍然无法与汉军作对。虽然他下定决心不再踏入大汉帝国的国土，但是他也没有信心能够成为匈奴人。

他想不出答案，干脆就不想，每当他想到这些事的时候，都会一个人骑马，到草原上纵情驰骋。在湛蓝的天空下，他骑着快马，穿过草原，跨过丘陵，一路上策马狂奔，在疲惫的时候，找一条小溪流，捧水洗了把脸后，往草地上一趟，看天空云卷云舒，仿佛一切烦恼都烟消云散。望着一望无际的天空，李陵总是会发出，自己生而渺小，不过是天地间微不足道的一粒尘埃，何苦为胡汉烦恼，诸如此类的感叹。休息充足后，他又策马狂奔回到营帐内，这样骑马带来的疲惫，才能让他在压抑的漩涡中获得一丝喘气的机会。

李陵得知司马迁替自己辩护而受刑的消息后，并没有感到愧疚。一来，他和司马迁至多只算点头之交，在自己的印象里，司马迁就是个不讨喜的史官，只知道辩论，实在没有什么更深的印象。二来，李陵这边自己都自顾不暇，每天都过得十分痛苦，更没有精力去同情别人。虽然他不会觉得司马迁多此一举，但是也不会对司马迁遭受宫刑而感到愧疚。

在草原上生活的这些日子里，李陵明白了一些事，一开始自己嗤之以鼻的胡人文化，在汉朝看来是野蛮粗鄙的，但在匈奴的环境里，却顺理成章，胡人的文化是在当地的自然环境下应运而生的。如果不穿兽皮制成的衣服，就无法抵御刺骨的寒风；如果不多吃肉，就无法为身体提供更多的能量；如果加固屋顶，就无法在季节变换的时候迁移。如果用汉人的习惯在这里生活，怕是一天也活不下去。由此可见，不能在未深入了解的情况下，就妄加批评，指责胡人文化是野蛮的、不可理喻的。

李陵对上一代单于的话记忆犹新。且鞮侯单于曾说道：“汉人张口闭口就是礼仪之邦，借此贬低匈奴文化，可是汉人引以为傲的文化又是什么呢？见利忘义、嫉妒中伤的事情汉人一件也没少干，只不过汉人懂得粉饰太平，将这些罪恶掩藏在礼仪的外表下。我们与汉人的唯一不同是，我们不会掩饰罢了。”为了佐证自己的观点，单于还列举兔死狗烹、骨肉相残、诛杀功臣等一些事例，说得李陵哑口无言。

其实，李陵虽为汉人，却也不止一次质疑过这些繁文缛节。相比之下，他甚至觉得浮于表面的粗野好过潜藏在礼节下的阴险。他开始反思，在不了解胡人的情况下，一开始就下了华夏礼仪举世无双，胡人粗鄙野蛮的结论，是源自于汉人的偏见。在此偏见下建立起来的结论，必然是不对的。更何况，并不是所有的汉文化都是有意义的，比如，在汉人的习俗中，一个人除了要取名，还需要取字，仔细想想，这实在没什么必要。

他在匈奴所娶的妻子十分传统，从不敢在丈夫面前大声讲话，与他讲话的时候，语气永远是谦卑的，她的眼光永远是向下的，从来不敢平视丈夫的眼睛。不过他们所生的儿子却并不怕父亲，儿子总会爬到父亲的膝盖玩耍，李陵看着儿子的笑脸，想起远在汉朝却遭遇灾难的孩子，心有戚戚焉。

在李陵来到胡地的一年之前，苏武就被关在了这里。苏武本来是在两国和平期间出使匈奴的使者，奈何遭遇匈奴内乱，导致汉朝的出使团被扣押起来。单于本来就没有杀他们的想法，就让他们投降，否则处以死刑。出使团几乎全部投降，只有苏武，不仅不投降，还想自杀报效国家。

不过苏武并没有死成，胡医用奇怪的法子将苏武救了回来。见苏武铁骨铮铮又大难不死，且鞮侯单于对他不由得刮目相看，想将此人纳入自己麾下，于是派卫律劝降苏武。卫律遭到苏武一顿痛骂，只能灰溜溜离开，单于见此也只好作罢。

从那时候起，苏武就被囚禁在阴森的地窖里，那里没有充足的食物和水，只能啃皮毛充饥，吃雪解渴。后来，他又被赶到贝加尔湖畔放羊，匈奴人还告诉他，只有公羊产奶，他才有重获自由的可能。当李陵决定不回汉朝的时候，苏武已经牧羊很久了。

苏武和李陵是二十多年的老友，还一同出任过侍中一职。在李陵看来，苏武虽不懂得变通，有些墨守成规，却是铁骨铮铮的男子汉。天汉元年，苏武出使匈奴不久后，他的母亲就因病去世，李陵为他母亲送葬到阳陵。李陵北征前，看到苏武的妻子改嫁，还替好友愤愤不平。

然而世事难料，谁也没想到自己会归降匈奴。这时的他已经不想与苏武见面了，毕竟在全族被杀后，自己再也不想回汉朝，这就更想避开“手持汉节的牧羊人”了。

狐鹿姑单于即位不久后，听到了苏武生死不明的消息，想到李陵与苏武是至交好友，于是他就派李陵前去核实是否属实，如果苏武还尚在，就劝他归降匈奴。无奈之下，李陵不得不北行。沿着姑且水一路北上。苏武所在之地十分偏僻，李陵等人经过几天跋涉，咨询当地居民路线后，他们终于来到一间寒酸的小木屋前。

听到有人声传来，苏武手持弓箭走了出来，防备地盯着来者。李陵见披着皮毛，满脸毛发，像山男[1]一样的男人时吓了一跳，仔细辨认后，才依稀看出昔日好友的样子。同样，苏武也花了很长时间，才认出这个身穿胡人官服的男人是昔日好友李陵。

两人相顾无言望了对方许久后，才搭起帐篷，备好酒食，畅谈一番。李陵讲述归降匈奴的经历是十分痛苦的，他没有为自己辩解，只是很平

[1] 住在山里的男人。——编者注

静地阐述了事实。苏武也用毫不在意的语气讲述了这些年的经历，虽然语调平静，可内容听上去却十分悲惨。几年前匈奴的於靬王偶然路过此地，见到苏武后心生恻隐之心，为他提供了三年衣食，不过在於靬王去世后，他也只能挖野鼠填饱肚子了。李陵询问起关于他生死不明的谣言时，苏武猜测或许是抢夺他放牧牲畜的劫匪散播的谣言。他们越聊越多，李陵告诉苏武他母亲去世的消息，但是始终不忍心将妻子抛弃孩子改嫁的事情告诉他。

畅谈一番后，李陵对苏武的所作所为感到疑惑，他不知道支撑苏武活下去的动力是什么，难不成在苏武的心里还抱有重回汉朝的幻想吗？不过从苏武的只言片语中可以了解，他已经不抱有回汉朝的希望了。既然如此，他又是为什么过着这悲惨凄苦的生活呢？李陵知道，苏武性子刚烈，是不会归降匈奴的，所以他为什么宁愿苟活也不愿意自杀呢？

李陵自认无法做到彻底割舍如今的生活，毕竟在这些年里，他在这里也建立了不少牵绊，更何况就算现在自杀，也算不上是对汉朝的尽忠。但是苏武却不一样，他对这片土地不仅没有眷恋，甚至还很仇恨，而且从尽忠的角度看，苏武常年持汉节牧羊与自杀也没什么区别。如果说苏武怕死，那更是无稽之谈，毕竟当年苏武被抓时，可是能毫不犹豫自裁保节的。

李陵回忆起苏武在年轻的时候，就带着那种被世人不解的、不服输的精神。单于许诺苏武荣华富贵，苏武却并不为之动容。苏武不仅要拒绝单于的糖衣炮弹，还需要耐住贫苦，坚强地活下去，若是受不了贫苦而自杀也是败给单于的象征。在李陵看来，和命运对抗的苏武并不滑稽可笑，因为这个世界上，并没有几个人能做到像苏武那样，能够毫不在意地谈及自己的困苦。

看到苏武从之前稚气未脱的孩子蜕变到如今顶天立地的男子汉，李陵不禁有些感慨。苏武一直在与匈奴做抗争，但是他根本就不期待自己的抗争能够被汉朝知道，他也并不是抱着回国的心态才与匈奴抗争。或许有一天，苏武将会在一个风和日丽的下午死去，没有人知道，也没有人在意，但是回顾这漫长的一生，他自始至终都在与匈奴抗争，从未妥协，贯彻了心中的信念，就算不为外人所知，也可以死而无憾。

很久之前，李陵也想斩获上一代单于的脑袋，但是担心的东西过多，比如是否能够成功刺杀，就算成功刺杀后又将如何逃出匈奴回到汉朝，正是在这些问题的拖累下，李陵总是错过刺杀单于的机会，导致如今也没有刺杀成功。瞻前顾后的李陵，在勇往直前毫无畏惧的苏武面前显得不堪一击。

随着时间的流逝，李陵的心中还是无可避免地产生了心结。无论做什么谈什么，他都会将自己的过去和苏武的过去做一番对比。虽然没有因为苏武是爱国者自己是卖国贼，所以在苏武面前不敢说话的地步，但是在苏武的面前，他也做不出任何的解释，他无法开口为自己辩解效力单于的行为。

此外，也不知道是不是李陵的错觉，随着时间的流逝，他从苏武对待自己的态度中感到了对方对自己的怜悯。说来奇怪，身穿豪华服饰的李陵居然从衣衫褴褛的苏武眼中看见了怜悯，这让李陵不由得感到心慌，仿佛自己苦心织造、用来麻痹自己的美梦马上就要被戳破。

半个后，李陵没有道声再见，一个人悄悄地回家了，他在小木屋内留下许多粮食和衣物，除此之外再无其他，一句赠别的话都没有。

拜访苏武前，单于让李陵说服苏武归降，李陵只字未提，因为他已经知道苏武是不可能答应的。如果再提，无论对苏武还是自己，都是羞辱。

回来后，李陵不仅没有忘记苏武，苏武的身影反而在他脑海中日复一日地清晰起来。虽然李陵并不觉得自己归降匈奴是纯善的行为，但他相信就算是严苛的历史学家评判自己的行为也会认为自己在别无选择的情况下，做出的无可奈何之举。但是却偏偏有这么一个人，在别无选择的境况下，却偏偏能够保持自我，不愿妥协。

无论遭受多少非议，忍受多少饥寒，就算不被故国理解，苏武也从来没有想过屈服于现实，做出无可奈何的决定。在李陵看来，自己所遭受的痛苦，都不会成为苏武向现实妥协的原因。

苏武的存在对他来说既是崇高的理想，也是让他不安的噩梦。他常常派人去探望苏武，看看他是否安在，并且请人送去食品衣物，确保苏武能在异国他乡吃饱穿暖。他渴望与苏武交谈，却又害怕见到苏武，两种截然不同的情绪常常在他内心中不停拉扯。

过了几年，李陵再一次前往苏武住的小木屋去看望他。在路上，他遇到了守卫云中北部的士兵，从他们的交谈中知道，最近汉朝边境上的百姓们都穿着白衣，以此吊唁大汉天子。这时李陵才知道，汉武帝驾崩了。

苏武知道这件事情后，面朝南方大哭起来。他哭了很多天，甚至哭到吐血。看到这样的场景，李陵的情绪也非常低落，他并不怀疑苏武是假哭，他也会被苏武的悲伤打动，可是他发现就算自己被苏武的情绪感染，也流不出一滴眼泪。虽然苏武没有李陵那样诛灭九族的悲惨遭遇，但是他的遭遇比起李陵来也算不上得到天子的宠幸。他的哥哥因为在天子出巡出了一点差错，就被投进大牢，不日后传来自杀的消息，弟弟则因为没能抓住罪犯被处以死刑。了解苏武过往的李陵，看着苏武还能够为天子逝去而痛哭的模样，第一次认识到自己与苏武最大的差别并不是苏武比自己多拥有一分气节或是侠义，而是比起自己来，苏武对大汉朝有一种由内而外的热爱。对此，李陵不由得反思，自己是否是个阴暗小人。

从苏武那里回来后，正好遇到从汉朝赶来的使者。这次使者们不是传达宣战的号令，而是报告武帝驾崩和昭帝即位的消息，并且表达出汉朝愿与匈奴结交的意愿。这次的使者不是别人，而是李陵昔日的朋友。

这一年汉武帝驾崩，年仅八岁的太子继位。根据汉武帝的遗愿，由霍光担任大司马大将军一职，上官桀出任左将军一职，二人共同辅佐太子管理朝政。这二人都是李陵的旧友，想趁此机会让李陵回到大汉帝国，所以二人合谋，派李陵故交任立政为使者，将李陵召回。

使者向单于传达了大汉帝国结交友好的意愿后，单于大摆酒宴。以往这种国家间的往来都是由卫律负责接待，但是这次的使者是李陵的故交，所以李陵也是酒宴的座上客。任立政看到了心心念念的李陵，想立刻上前找他说话，奈何他坐在匈奴人的旁边，无法上前表明自己的来意。无奈之下，他只好隔着几个座位，多次向李陵眼色示意。李陵察觉到他的小动作，知道他有话要对自己说，有些茫然失措，不知道该如何回应任立政。

宴会结束后，只留下李陵、卫律等人继续接待汉使。任立政看出李陵已经彻底归化匈奴，不敢直白地说出让他回汉的话，只好搬出李陵的故交旁敲侧击道："如今汉朝天下大赦，百姓们沐浴在新帝的恩惠中。如今新帝还小，你的旧友霍子孟和上官少叔二人受先帝之托辅佐陛下管理朝政。"

李陵听后并没有说话，只是静静地注视了任立政一会儿，然后摸摸自己变成胡人发髻的头发。等到卫律起身离席后，任立政才用熟稔的语气说道："这些年辛苦你了，少卿。霍子孟与上官少叔在大汉也时常挂念着你，这次还专门派我当使者来看望你。"李陵听后不为所动，只是很礼貌地回问二人的近况。

任立政赶紧劝说道："回来吧，少卿，大汉才是你的家。你回来后可保你一世平安喜乐，荣华富贵，少卿，回来吧！"

听着友人的劝说，李陵不是不心动，但是他清楚地明白那是不可能的事了。他回应道："回去是件简单的事，但是回去后不也还是会遭受侮辱吗，那个时候我又能怎么办呢？"话还没说完，卫律就回来了，两人都心照不宣地闭上了嘴。

宴会结束的时候，任立政悄悄地走到李陵旁边，压低声音轻声问李陵是不是真的不想回去，李陵摇头，轻声回复道："大丈夫不能第二次受辱。"他的声音十分低沉，与其说害怕卫律听见特意压低声音，不如说是对自己人生的一声叹息。

五年后，已经做好客死匈奴的苏武意外得到了回故乡的机会，这个机会是由常慧的计谋争取到的。十九年前，常慧跟随苏武来到匈奴，这十九年来，他每一天都饱受思乡之苦，如今终于见到汉朝使者。他立刻告诉使者苏武还活着的消息，让使者回去后，将苏武的故事写在锦书上绑在大雁脚上，并在天子狩猎时放出大雁，这样天子在狩猎的时候，就会得到锦书，从而知道苏武的消息。果不其然，汉天子猎得了几只大雁，一切都按照常慧的预测进行，很快，苏武就有了重回大汉帝国的机会。

李陵的内心再一次被深深震撼。虽然苏武的伟大之处并不以是否回汉朝而有所改变，但不可否认的是，苏武的结局让李陵感受到苍天有眼。至今为止，李陵也不认为自己的选择是错误的，但是苏武的行为让他感到恐惧。因为在苏武的衬托下，就显得他贪生怕死胆小懦弱。本以为早已麻木的心开始凌乱起来，他不得不承认，这一刻他是羡慕苏武的。

苏武离开的时候，李陵设下宴席为朋友饯行。他想说的话有很多，但翻来覆去不过都是些当年平叛匈奴卧薪尝胆的志向，却在实现志向前得知远在故国的族人被处死的绝望，以及没有理由回归大汉帝国的陈词旧调罢了。他没有说出来，但实在忍不住心中澎湃的感情，就站起来唱：

走过万里行程啊穿过了沙漠，
为君王带兵啊奋战匈奴，
归路断绝啊刀箭毁坏，
兵士们全部死亡啊名声已败坏，
老母已死，虽想报恩何处归！

李陵边唱边哭，最后泣不成声。时隔十九年，苏武终于回到家乡。

这个时候的司马迁还在写《史记》。自从他借用笔下人物来表达愤怒后，就再也没开过口了。他有时是鲁仲连，借着他的舌头咄咄逼人；有时是伍子胥，摘掉双眼不忍看那世间的污浊；有时是蔺相如，指着秦王的鼻子一顿痛骂；有时是太子丹，在易水边含泪送别荆轲；有时是屈原，世间皆醉惟我独醒，最终投身汨罗江。司马迁可以是历史中的任何一个人，却唯独不是他自己。

终于，司马迁耗费十四年，完成了这部惊天地泣鬼神的巨作。不过这还只是初稿，又经过数年的润色，《史记》才总算完成。

当落下最后一笔的时候，司马迁的灵魂深处涌出疲惫。他看着窗外的槐树，却又感觉什么也没看到，他本应听到蝉鸣鸟叫，却只能听见深沉的叹息。《史记》完成后，他来到父亲墓前，诉说了一些家常，当然最重要的还是告诉父亲，自己不辱使命完成了《史记》。

自那天后，司马迁仿佛老了十岁。自宫刑后，他本想自杀，但想到未完成《史记》，就提着一口气不分昼夜地书写，如今终于完成，提着的一口气也散了。对司马迁来说，自己的人生意义已经实现了，如今也没有存在的意义了。

当任立政从匈奴见过李陵回到大汉帝国时，司马迁已经驾鹤西归。而李陵，在与苏武一别后，除却元平元年去世的消息外，竟再也没有关于他的消息。

不过，大概也能推测出李陵晚年过得并不是很好。那时，与他亲近的狐鹿姑单于早就去世，而他的儿子继位时，爆发了内乱，与卫律不和的李陵或许难以在这场内乱中独善其身。

根据《汉书·匈奴传》的记载，李陵在胡地的儿子在争权时选择拥立乌籍都尉为单于，最终败给了呼韩耶单于。不过那已经是李陵去世十八年之后的事情了，李陵的儿子甚至在史书中都没有留下名字。

光·风·梦

ひかりとかぜとゆめ

一

一八八四年五月的一个夜里，位于法国南部的一座名叫耶尔的城市里有一家小旅馆，罗伯特•路易斯•史蒂文森便住在这里，他今年三十五岁。突然，史蒂文森猛烈咳嗽起来，甚至咳出了血。他的妻子听到动静连忙赶了过来，可是史蒂文森此时嘴里满是鲜血，根本无法说话。于是他拿起铅笔在一张纸上写道："你不必慌张，也不必担忧。如果这就是死亡，那么实在是一件轻松的事。"

从这之后，史蒂文森四处奔波，想要找到一个合适的疗养的地方。他曾经在英国南部的伯恩茅斯待了三年，那里是个极佳的疗养场所。不过医生还是建议他去科罗拉多休养，因此他便远渡重洋，去了大西洋彼岸的美国。可他到了这里之后，觉得并不满意，便动身前往南太平洋了。他驾驶着约七十吨重的纵帆船到了马克萨斯、土阿莫土岛、塔希提，也经过了夏威夷、基尔巴托；在海上漂泊了十八个月后，他于一八八九年年底来到了萨摩亚的阿皮亚港。

在海上的日子让史蒂文森觉得身心舒畅，那些岛屿上的气候也很适宜居住。因此，这副他曾称作"只有骨头和咳嗽"的身体，状态也还不错，并没有恶化。他打算在这里生活一段时间试试看，于是便在阿皮亚市郊外买了四百英亩的土地。不过，这个时候他当然还没想过要在这里生活一辈子。其实，就在第二年的二月，他便将买来的土地交给他人代为管理，自己启程去悉尼了，他打算从悉尼搭船返回英国。

可没过多久，他便给英国的好友写了一封信，信中充满了无奈。他这样写道："坦白来说，我或许只能在将死之时重回英国了。按照我目前的状态，只有待在热带地区，我的身体才会好受一些。我曾去过亚热带的新喀里多尼亚，在那里我都会感冒生病。我在悉尼也有咯血症，我根本不敢想象自己回到常年被浓雾笼罩的英国后会是什么样的情形……我会伤心吗？会的，无法和英国的几位好友相见，也不能与美国的一二友人聚聚，我感到很遗憾。可除了这些遗憾外，我还是很喜欢萨摩亚的，这里的人、海岛、大海，还有气候都让我觉得很舒服，在这里生活也很惬意。因此，我倒不觉得这种流浪是一种不幸……"

这年的十一月，史蒂文森的身体恢复到了健康的状态，重返萨摩亚。在他之前所买下的土地上已经修好了一间用于临时居住的小屋，是当地的工匠为他建的；而剩下的本体建筑则要交给白人工匠修建。在此之前，史蒂文森便和妻子芬妮住在小屋里，顺便监督工人们开荒。这片土地是瓦埃阿（Vaea）休眠火山的山腹地带，在阿皮亚市南边，距其有三英里，周边有三个瀑布、五条小溪，还有许多海拔在六百到一千三百英尺的峡谷峭壁高地。当地人将这里叫做瓦伊利马（Vailima），意为"五条小溪"。

史蒂文森在这里看着附近大片的热带雨林和一望无际的南太平洋，凭借自己的能力修建房屋，找到了儿时拼积木的兴奋感。他用自己的双手创造着自己的生活——他居住的房屋里有几根地基木桩是他亲手打下的；他所坐的木椅是他亲自参与制作的；他所食用的瓜果蔬菜是从他亲手开垦出来的土地中摘下的……就像是童年第一次做出各种可爱的小东西那样，他感到无比自豪。他小时候只有在吃妈妈给他做的菜时才会安心，而如今知道所有东西的来源：屋子里面的木板是从山上砍下来的木头，一点一点刨好的；水果是从那棵果树上摘下来的，蔬菜是在自家地里种出的……这些也让他身心愉悦，有了似曾相识之感。

他现在的生活恰如沃尔特·惠特曼、鲁滨逊·克鲁索那样。如果要对此加以形容的话，那就是："无论是阳光、土地，还是各类生物都让人欢喜；而那些施舍和金钱让人鄙夷；明白了白人文明就是一种歧视。同行的人或许没有接受过教育，但他们充满了力量，大家沐浴在阳光之中，微风拂面，经过了一番耕作之后汗流浃背，血液加速循环，是那样的舒畅；不必去在意他人的想法和嘲弄，说出来的话、做出的行动都是发自内心！"

二

一八八九年

十二月某日

凌晨五点醒来。天空破晓处是一片乳白，而后慢慢出现金光。向北望去，在树林和马路的对岸是一片汪洋，波光粼粼。靠近海岸的地方，海浪拍打着海面。凝神细听，这波浪声宛如大地在哭泣。

清晨六点之前吃早餐——两个鸡蛋、一个橘子。我吃着早餐看着阳台，有些心神恍惚。我看到玉米地里有几株玉米秆在摇晃，心中不免觉得怪异，就在这时一株玉米秆倒了下去，随后便消失在了茂盛的草丛中。我立刻起身走过去，只见两头小猪正在仓皇逃窜。

这些小猪经常捣乱，对此我也无计可施。和欧洲的猪不一样的是，它们没有经历过文明的洗礼，浑身上下都是最原始的样子，孔武有力，很是好看。之前我坚信猪是不会水的，现在我才知道自己的认知是错误的，太平洋海岛上的猪水性都不错。我在偶然间看到过一头已经成年的黑色母猪在水里游了五百多米。它们还会把椰子放在太阳下暴晒，等果实晒干后再把椰子打开，当真聪明。有些比较暴躁的猪还会去抓小羊羔吃。芬妮这段时间就在忙着监视野猪。

早上六点到九点是我的工作时间。在写完了前天开始的《海岛之夜娱乐记》的一章后，我便出门去割草了。在亨利·西梅内的监督下，当地人分为四组，负责开路和耕种，大家各司其职，进展很快，周围都是斧劈的声音和烟草的味道。说起亨利，他的父亲是萨瓦伊岛的酋长，他本人也十分优秀，就算在欧洲也能名列前茅。

我开始清理那些生长在树下篱笆里的咬咬草，也叫作绊绊草。这些草很是敏感，普通的草在被人碰到的时候根本不会有反应，而这些地草在被触碰之后会立刻把叶子闭合，这让我们十分头疼。它在闭合之后就像黄鼠狼咬住食物一样，打死也不放。而它的根系就像牡蛎攀附岩石那样紧紧盘绕在土中，还有别的植物的根上。将它们清理干净后，我的手上有很多被刺和吸盘划出的小伤口，而我接下来要做的就是去清理野生酸橙了。

十点半是午餐时间，螺号声从阳台上传来。今天中午吃的是饼干、木椰果和冷肉，配了一瓶红葡萄酒。

吃完饭后，我突然想写一首诗，可是下笔之后怎么也写不出让自己满意的诗句。于是我只好拿起银笛吹奏，用来打发时间。我在下午一点的时候拿了一把斧子离开屋子，打算开辟一条去往瓦伊特林卡河边的路。我自己走在茂密的森林中，抬眼望去，头顶上是树枝交错的大树，只能在树叶的缝隙之中看到一点如银镜般白亮的天空。地上有许多倒下来的大树，让人难以前行。树藤或是依附着大树向上生长，或是从树枝上垂下来，密密麻麻的。这里还有绽放的兰花、分泌毒液的凤尾草、体型庞大的白星海芋……斧头可以轻易砍断那些刚生长出来的小树枝，但斩不断那些树龄较大的老树枝。

森林中静得可怕，只听得到我在挥舞斧头时发出的声音。这样的静，在这个满是绿意的世界里，处处充满了孤寂；在这静如深夜的白日中，弥漫着一丝恐怖气氛。

一个低沉的声音毫无征兆地响起，从远方传来，紧随其后的则是一阵笑声，尖锐短促。我心底升起了一股凉意……低沉的声音莫非是某处传来的回声？那笑声或许是小鸟的叫声？毕竟这里的鸟叫起来颇像人声。我记得在日暮时分，瓦埃阿山便经常响起类似于孩童叫声的鸟叫声，十分刺耳。不过，刚刚听到的声音和这种鸟叫声又有些不同。我想了许久，还是没想出答案。

在回去的路上，我灵光乍现想到了一个故事片段，背景便是这样一片茂密的森林。我不知道自己是否能将这个故事写得完美，所以还是打算先把这个故事片段在心中加以润色，像母鸡孵蛋那样逐渐完善。

下午五点是晚饭时间。今天的晚餐是烤香蕉、牛肉炖菜，配上倒在菠萝中的波尔多红葡萄酒。

吃完晚餐后，我便要教亨利学英语了，也可以说是我在学习萨摩亚语。说实话，我真的没有想到亨利能坚持每天都在让人有些抑郁的黄昏时期学习（今天要教的是英语，明天要教的是初等数学）。波利尼西亚人很善于享受生活，其中，萨摩亚人是最随性而为的，他们绝不会勉强自己去做任何讨厌的事情。他们热爱舞蹈、音乐和好看的服饰（这里的流行风尚和南太平洋一样）；他们也爱洗澡、聊天、演讲；还爱沐浴和玛琅伽——几个年轻人结伴而行，在几天之内自这个村子拜访到下一个村子，而村子里的人也会为他们斟满卡瓦酒，跳起欢乐的舞蹈来迎接他们。对于活得随性、快乐的萨摩亚人来说，他们是不知道何谓借钱、借东西的，“借”这个词汇还是他们从塔西提那里学来的。不过，他们倒是知道“要”“讨”“勒索”这些词语。而对于“要”这个词语，还可以根据最后得到的东西，如草席、乌龟、塔罗芋头、鱼等，来区分不同的说法。

除此之外，还有一件事情很是有趣。如果当地犯人身着奇异的监狱服于道路两边工作，那么他的族人便会带着美酒佳肴、身着盛装前来和他玩耍。因此，在犯人工作到一半的时候，他们便在大路中间铺好垫子，拉着犯人一起喝酒、唱歌、跳舞，快乐地度过这一天。这实在是放肆又快活！

不过，亨利·西梅内和其他萨摩亚人有所不同——他做事并非随性而为，相反，非常追求纪律性。这在波利尼西亚人中，绝对是罕见的。我们的厨师保罗虽然身为白人，但是与亨利相比，实在不够聪明；而负责管理家畜的拉法埃内和他相比，则是非常典型的萨摩亚人。

萨摩亚人天生强壮，而拉法埃内更是有六英尺四英寸高，但他反应十分迟钝，气节和身高更是完全不匹配，遇事只会哀求。这样人高马大、如同阿基里斯或是赫拉克勒斯一样的人见到我居然用娇滴滴的语气叫爸爸，实在是让我不知该如何应对。他还特别怕鬼，入夜之后绝对不会独自去香蕉地。

几天前，拉法埃内跟我说了一个很好玩的事情——他的朋友亲眼见到了亡父的鬼魂。那天黄昏时分，他朋友站在父亲的坟前，当时他父亲刚去世二十来天。一只通体雪白的仙鹤不知什么时候落在了由珊瑚堆砌而成的坟上。那人想到："这肯定是父亲的亡魂所化。"想到这里，他留神看去，只见坟前的仙鹤越来越多，而且除了白色仙鹤外，还有黑色仙鹤。没过多久，仙鹤便渐渐消失了，取而代之的是一只白猫。随后又来了很多黑猫、花猫、灰猫，它们出现得悄无声息，没有一只猫发出叫声。不一会儿，它们又渐渐消失在了夜色之中。这个人对于仙鹤是由他父亲所化的想法深信不疑。

十二月某日

早上，我向别人借到了三棱镜罗盘仪用于工作。不过，我从一八七一年之后就没有再接触过它了，甚至都已经忘记还有这么一个仪器。重新拿起它后，我先画出了五个三角形，这让我找回了身为爱丁堡大学工科毕业生的感觉。我想起自己曾经是一个爱偷懒的学生，也有些怀念德特教授和布拉奇教授。

午后，我需要继续去清除那些生命力顽强的野草。我对于这份工作很满足，因为它只需要舞动镰刀和斧头就能赚到六便士；但如果让我待在家里，哪怕给我两英镑，我也会觉得自己是在浪费时间和生命，良心难安。这可真奇怪啊。

我在工作的时候突然产生了一个疑问："现在的生活能让我感到幸福吗？"可谁都不知道幸福究竟是什么，因为它是先于意识之前而存在的。但我很肯定自己现在是快乐的，而且是拥有着各种各样的快乐（可能每一种快乐都不算太完整）。而其中最让我快乐的事情之一，就是在安静的热带雨林中挥着斧头砍伐草木。这一份热情如火的工作让我为之深深着迷。

我对于目前的生活很满意，就算给我千金也不换。虽然我现在由于内心的某种厌恶而瑟瑟发抖。这种厌恶或许是因为我在勉强融入和自己并不相符合的环境之中，野蛮又暴力的残酷刺激着我的神经，压迫着我的良心，我在各方的纠结中隐隐作呕。这里的恐怖氛围是因为周围的寂静和神秘产生的，而我正在这里挥刀砍伐，我似乎感觉到那些植物是拥有生命的，它们正在求我高抬贵手；我还感觉到自己的双手上满是鲜血，整个人都有些自暴自弃了。

芬妮得的中耳炎好像还没有好。

木匠带来的那匹马踩碎了十四个鸡蛋；我们的马在昨夜也摆脱了缰绳跑到距离较远的农田捣乱。

我目前的身体状况良好，只是最近做的体力工作有些多了。我晚上躺在床上都觉得后背隐隐作痛；而我只要闭上眼就能看见白天被我清除的每一根杂草。总而言之，当我的身体躺在床上后，我的精神还会重复着白天那几个小时的工作。哪怕是在梦境之中，我也在清除那些生命力顽强的藤蔓；柠檬树的尖刺在戳弄我的皮肤；荆棘将我团团围住；脚下所踩的土地变得黏糊糊的，就像沼泽一般。除此之外，我还能感受到炙热的阳光在灼烧我的皮肤，偶尔有清风吹过，耳边响起森林中的鸟鸣声，像是谁在微笑着呼唤我的名字……就和我白天的经历一模一样。

十二月某日

我们养的小猪在昨天晚上被偷走了三头。

人高马大的拉法埃内今天说话总是吞吞吐吐的，因此我们在向他询问这件事时用了一个小小的计谋。我不太喜欢做这种事，这个方法是芬妮想的，其实就是用来糊弄小孩子的。她让拉法埃内坐下，然后站到他面前微微拉开一点距离，再用左右手的食指逐渐接近拉法埃内的双眼。芬妮的气势震慑住了拉法埃内，他在芬妮的手指要靠近双眼时赶紧闭了起来。这时，芬妮用左手的大拇指和食指按住了拉法埃内的眼睛，又将右手伸到他背后，敲了敲他的后脑勺和背，然后收回了右手，摆出之前的姿势，并且叫拉法埃内睁开眼睛。此时的拉法埃内还以为芬妮一直是用双手的食指压在他眼睛上的。他的表情有些古怪，连忙问刚才是什么在敲打他的后脑。

芬妮说道："是我养的一只小怪物。我刚刚叫它出来了。不过现在没事儿了，我相信它会抓住那个偷小猪的人。"

半个钟头后，惴惴不安的拉法埃内又再三跟我们确认芬妮的怪物会不会撒谎。

"它不会撒谎的。今天晚上它会跟着偷猪的人睡觉，接着那个人就会患病晕倒。这也是他做错事的惩罚。"

相信这个世界上有鬼魂存在的拉法埃内此时更加害怕了。我猜他并非偷猪的人，但他肯定认识那个人，或许他今晚还会被邀请去品尝用小猪做成的佳肴呢。不过我想他在品尝这些美味之时应该不会很开心。

我之前受到森林的启发所构思的故事，如今已经有了大概的框架，我想为它取名为"乌鲁法努阿的高原森林"。在萨摩亚语中，法努阿有土地之意，乌鲁则是森林之意。而其中所涉及的岛屿也会用萨摩亚命名。我现在还没有将这个故事写在纸上，但是故事之中的很多场景就像话剧一样在我脑海中上演。我想这或许会是一篇优美动人的叙事诗，也有可能成为一部无聊、乏味的戏剧。但不管怎么样，写作的灵感喷涌而出，占据了我整个大脑，甚至影响到我正在进行的旅行游记《海岛之夜娱乐记》的创作。好在我写一些以休闲为主的打油诗和随笔时还能集中精力。

黄昏时分，晚霞出现在大树之上、山峰之后，是那样的壮阔迷人。月亮缓缓地从大洋彼岸爬上来，寒气也在席卷大地。这一股凉意让人难以入睡，大家都起来找被子。现在是什么时候？窗外那一轮明月正处于西方，它立在瓦埃阿山峰上，照得天空亮如白日。鸟儿静悄悄的，有些出人意料，就像是寒气冰封住了整片森林。

我想现在的温度应该低于零下六十度。

三

现在是一八九一年的新年。芬妮的儿子洛伊德今年刚满二十五岁，他在伯恩茅斯的祖宅斯克里沃尔山庄收拾好行囊后便赶到了这里。

在十五年前的枫丹白露森林，在史蒂文森和芬妮初遇时，芬妮就已经有了两个孩子——女儿伊莎贝尔当时二十岁，儿子洛伊德九岁。那时候，芬妮在法律上还是美国人奥斯本的妻子，可实际上她早就离开了这个男人，带着两个孩子到了欧洲，然后在一家杂志社当记者，和孩子们相依为命。

史蒂文森在遇到芬妮之后的三年间便一直跟着她到了加利福尼亚，然后漂洋过海。在此期间，他拒绝了为他身体着想的朋友们的劝告，甚至还和自己的父亲断了来往。当时史蒂文森的身体状况极差，经济条件也不好。在到达加州之后，他几乎是一只脚踏进了鬼门关。不过他还是挺了过来，在第二年，也就是芬妮和奥斯本离婚后，迎娶了芬妮。芬妮本来就比史蒂文森大了十一岁，也就是说在他们结婚时，芬妮已经四十二岁了。而就在他们结婚的前一年，芬妮的女儿嫁为人妻，还生下了一个孩子。这时的芬妮已经做外婆了。

踏入婚姻殿堂的两个人，一个自小被长辈捧在手心里，却又任性妄为；

一个饱经风霜，尝遍生活百味，已过不惑之年。男方缠绵病榻，才华横溢；女方年纪过大，务实能干。在这种情况下，两个人的关系很快就从夫妻变成了经纪人和作家，而且芬妮还是一个很优秀的经纪人。但两人的关系并非一直都是美满的，尤其是在芬妮打算从经纪人转行为批评家的时候。

其实，芬妮会对史蒂文森创作的每篇稿子进行审核，她曾把史蒂文森熬了三天三夜所完成的《化身博士》的手稿直接烧了；也曾把史蒂文森在他们结婚之前所创作的恋爱诗扣下，不让他出版。他们还在伯恩茅斯时，芬妮也以不要打扰史蒂文森休养为由拒绝了他所有朋友的探望，引起了大家的不满。

向来快人快语的W.E.亨雷，也就是将加里波地将军写成一个诗人的那位作家是史蒂文森朋友中首个站出来说话的，他愤愤不满道："那个长得又黑又有一身老鹰眼的美国人凭什么管得这么宽？自从她来了之后，史蒂文森就性情大变。"红胡子亨雷可以冷眼旁观别人在家庭和伴侣的影响下是如何发生改变的，但在自己才华横溢的朋友遇到这种情况时便方寸大乱了。

其实对于芬妮的才华，史蒂文森自己也有误判。聪慧的女性大多都能知晓男性心中的一些想法，这种本领几乎是与生俱来的，但史蒂文森把芬妮作为记者的专业性和这种本能性误以为是高超的艺术批评鉴赏能力了。随着两人的相处越来越多，他也明白自己的判断有误，因此在面对妻子的批评，或者说是干涉时，他也感到心烦意乱。最后他甚至在一首打油诗中这样说道："我的妻子，做事雷厉风行，态度强硬。"字里行间颇有妥协之意。

继子洛伊德在史蒂文森的影响之下也开始尝试着创作小说。他倒是也继承了母亲在批判文学方面的才华。因此在这个奇妙的家庭中，儿子写好东西之后交由父亲润色删减，然后再交给母亲批判。史蒂文森和洛伊德曾经联手写过一本书，当大家生活在一起之后，他们打算再创作一本小说，并为其取名为《退潮》。

房子在四月竣工。这座房子由木材建成，屋顶是红色的，其余外观是暗绿色的，外面有一片草坪，周围则是黑比斯卡斯鲜花，当地人对此惊叹不已。于是他们更相信史蒂古隆先生，或者说是斯特雷文先生（当地人叫不出史蒂文森的正确发音），或者说是茨西塔拉（当地方言，意为说故事的人）是一位大酋长，富可敌国。而与这座豪宅有关的消息也漂洋过海流传到了汤加、斐济这些海岛上。

过了一段时间，史蒂文森便将住在苏格兰的母亲接了过来，一起在这里定居。伊莎贝尔·斯特朗夫人，也就是洛伊德的姐姐也带着她的大儿子奥斯汀过来了。

让人意想不到的是，史蒂文森的身体康复得很好，他可以骑马奔驰，也可以进森林砍木头，甚至不会觉得疲倦。除此之外，由于之前花费了三千英镑去买地建房，所以他每天还会拿出五个小时的时间用于写作，哪怕他心里并不愿意这样做。

四

一八九一年

五月某日

这一段时间我一直在探险，地点就是属于我的土地和周边地区。前几天我刚经过了瓦伊特林卡流域，今天则是要去瓦埃阿的上游。

我先来到了森林中，在确定了大概方位之后便向东而行，费了一番功夫才来到了河边。沿途的河床里并没有水，很干燥。我这次带了我的小马杰克同行，可由于河床两旁生长着又低又矮的植物，阻挡了杰克前行，所以我只能把它拴在了林中的树上。我顺着河道往前走，越往上峡谷越窄，地面上逐渐出现了很多洞穴，还有倒下的大树，我直着身子就从下面的缝隙中走了过去。

走了一段路后，河道突然改了方向，向北而去，我隐约听到了水声。走了一会儿，便来到了一面高耸的岩壁前。岩壁表面有水直流而下，而这清澈的水流进了地底，消失得无影无踪。我仔细打量了一下这面岩壁，确定无法从这里攀登到高处，于是便借着树爬到了一旁的河堤上。这里实在是又闷又热，我闻到了青草独有的香味，也看到了凤尾草的触角、含羞草开出的花，我感到自己的心跳如鼓声一样激烈。突然，有一个声音响起，我凝神细听，觉得这像是水车旋转时发出的声音，而且这架水车的体积应该不小。这声音似乎是水车在我脚边转动发出的，又像是平地炸起的一声惊雷。山谷中一片寂静，而这个声音响了三次，每一次都地动山摇。原来是地震。

我顺着水路继续往前走，沿途看到了很多溪流，水质清澈，两岸长满了高大的橘子树、柠檬树、夹竹桃等树木，枝叶相接，一片绿荫。走着走着，水流便消失了，大概是流进地表下的岩洞里了。这里就像是被参天大树所掩盖的迷宫，我走了很久都没走出去。但我只能一直向前走。也不知过了多久才感到周围的树木愈发稀少，抬头终于能看到天空的颜色了。

就在这时，有牛叫声传来。我确定这是我养的牛发出来的声音，可是它似乎并不认识我，因此我的处境有些危险。我不再向前，而是停在原地仔细观察着它。随后小心翼翼地从它旁边绕了过去。没走多久，我又看到了一座熔岩悬崖，悬崖上挂了一面飞流直下的瀑布。瀑布下有一个水潭，水质还算清澈，可以看到里面的小鱼在游泳，我似乎还看到了水里有小龙虾。一棵大树倒下，一半落在了水中。潭底还有一块红色的岩石，一眼看过去如同一颗红宝石，耀眼夺目。

再往前走，河床里又没有水了，而我也走到了瓦埃山的另一边，这里的地势险峻陡峭。越往山峰上走，河床越浅，最后几乎没有了，我一时有些迷茫。放眼望去，只见在高地东侧的峡谷边上有一棵参天大树。看样子应该是榕树，高约两百英尺。树干十分粗壮，就像主人一样矗立在那里，而散开的树枝就像是它的随从，它们就像顶起了地球的阿特拉斯那样支撑着这棵巨大无比的榕树。这些绵延茂盛的树枝宛如一座山峰，山峰上开满了兰花和凤尾草，它们就像是另一片森林。这些植物重叠在一起，向着就要日落的西边天空延伸，投下的影子落在东边的山谷和田野之间，看起来巨大无比。此情此景当真是波澜壮阔。

我意识到自己出来得太久了，于是赶紧往回走。等我回到杰克身边时，我发现它非常焦躁不安，几近疯狂。想来独自被拴在这片陌生森林中大半天，让它有些害怕了。当地人说过在这座山里有一个女妖，名叫阿伊特•法菲内，或许杰克在这里见到了她吧。为了安抚杰克，我只能耐心哄它，其中好几次都差点被它踢到。好在它最终还是安静了下来，跟着我一起回家了。

五月某日

今天下午，我正在吹笛子，伊莎贝尔则用钢琴给我伴奏，在一片音乐声中，克拉克斯通牧师叩响了我家的大门。他说打算用萨摩亚语重新翻译《瓶中精灵》，然后刊登在一本杂志上，这本杂志叫做《欧·雷·萨尔·萨摩亚》。这个寓言故事是我创作的短篇作品，它和《任性的珍妮》是我最满意的短篇故事。因此，我自然是双手赞成的。更何况这些故事的背景都是南太平洋，或许也会得到当地人的青睐。如果这是这样的话，那么我就更称得上是他们的茨西塔拉（说故事之人）了。

晚上，当我躺在床上后，外面下起了雨，我还看到远方的海面上有闪电。

五月某日

我从山上下来打算去趟城里。最近银价有些起伏，在这里是件很麻烦的事。我这一天几乎都在忙着换钱。

港口的船只在今天下午都降了半旗。这是因为被当地人叫做萨梅索尼的船长哈米尔去世了，他的妻子也是当地人。

黄昏时分，我来到了当地的美国领事馆。日暮西沉，圆月当空，我经过马塔托街角时，听到一阵合唱声，唱的是一首赞美诗，而唱歌的那些当地女性正站在逝者家的阳台上。萨摩亚人梅阿里如今是未亡人的身份了，我与她之前已经相识，此时她坐在家门口的椅子上招呼我坐下。我也看见在里屋的桌上放着逝者的遗体，只用了一张床单裹着。一首赞美诗唱毕，当地牧师站了起来，然后发表了一番长长的讲话。屋里的灯光洒向窗外，而我周围站着的都是有着棕色皮肤的姑娘。虽然已经入夜，但天气愈发闷热了。梅阿里等牧师发言结束后，便带着我去了里屋。萨梅索尼就静静地躺在那里，双手叠在胸前，表情很平静，就像在闭目思考，随时都可能发表自己的想法一样。这大概是我这一生中见到的最逼真、最好看的蜡人像了。

我在行完礼后便离开了这间屋子。屋外月华似水，空气中夹着一缕橘子香，也不知是从哪里来的。屋里老友，就这样静静地躺在那里，听着少女们为他唱赞美诗，享受着这样美丽的月色，摆脱了尘世的纷扰，我心中竟生出了一丝羡慕之情。

五月某日

我最近接收到的反馈说读者和编辑对于《海岛之夜娱乐记》都颇有微词。他们说："会有其他专业人士会收集南太平洋的研究资料，或者对它进行科学观察。读者更希望看到的是作者妙笔生花，写出更多和南太平洋奇异冒险相关的作品。"这是真的吗？我在创作稿件时所使用的写作方法是十八世纪风格的纪行文，也就是抛开作者的主观情绪，尽量客观地还原写作对象的真实情况。莫非写《金银岛》的人之后就不配观察南太平洋殖民、传教情况，以及本地人口越来越少的现状，只能创作与海盗宝藏相关的作品了吗？最让我难以忍受的是芬妮也和那个美利坚编辑想法一致，坚持道："与其写这种细致准确的观察记录，还不如多写一些趣事呢。"

其实这段时间我也开始反感自己曾经那种用尽华丽辞藻写故事的风格了。因此我对自己近期的创作有两个要求，第一是不再使用那些无关的形容词，第二是更追求视觉冲击。可不管是芬妮、洛伊德，还是《纽约太阳报》的编辑，好像都没有发现我的这一变化。

《触礁船打捞工人》的创作非常顺利。前有洛伊德的帮助，后有细心的伊莎贝尔充当笔记员，这对我来说如虎添翼。

拉法埃内负责管理我们家的家畜，因此我问他现在家里有多少牲口，他说有三头奶牛、一头公牛和一头母牛，都是小牛犊，还有八匹马，这我倒是很清楚。不过，他还跟我说家里有三十多头猪，无数只鸡鸭（因为它们总是到处乱跑，所以无法统计具体数量），另外还有数不清的野猫在四处乱窜。说到这里，我有一个疑问——野猫也属于家畜吗？

五月某日

近日城里来了一个马戏团，做环岛演出，因此我打算带着全家人去看。烈日当空，拂面而过的微风之中也夹杂着一丝热气。当地人聚集在一起，有男有女，有老有少，好不热闹，大家都在观赏演出。这是萨摩亚仅有的一个剧场。踩着皮球的黑熊叫普洛斯彼罗，而叫米兰达的黑熊则站在马背上跳舞、钻火圈。

我们在黄昏时分起身回家，但我的心情有些沉闷。

六月某日

帕塔利瑟今年不过十五六岁，是瓦利斯岛人，他既不会说英语，也不怎么会说萨摩亚语，之前一直从事室外劳动，前几天才被选进室内服务的。昨天晚上八点半，我和洛伊德都在他房间里待着，年仅十二三岁的小仆人米塔伊埃雷进屋告诉我们，帕塔利瑟忽然满嘴胡言乱语，样子有些癫狂。无论大家跟他说什么他都不听，只是自顾自地说他要马上到森林中见他的家人。

我听了之后问道："他之前是住在森林中的吗？"

米塔伊埃雷回应道："当然不可能了。"

于是我们带着洛伊德来到了帕塔利瑟的卧室。帕塔利瑟虽然在说一些莫名其妙的话，但他看起来似乎是睡着了。他发出来的声音像是老鼠被吓到后的叫声。我伸手摸了一下他的皮肤，感觉他的体温偏低，脉搏比较缓慢，呼吸的幅度很大。他忽然站了起来，低着头似乎随时都要向前倒去。而他就保持着这个姿势往门口移动，他的速度很慢，就像是发条坏了的机械玩具一样。我和洛伊德赶紧伸出手抓住了他，然后将他押回了床上。不一会儿，他便开始挣扎，而且用力很猛。我们只好用绳子和床单将他绑在了床上。帕塔利瑟行动受限，不能动弹，但嘴里依旧在念叨着什么，偶尔也会像生气的小孩那样号啕大哭。仔细听他说的话，“法阿莫雷莫雷（请）”这个词语出现的次数最多，还有就是“我的家人在呼唤我”。在他挣扎的时候，拉法埃内、少年阿利库，还有萨瓦纳都来了。帕塔利瑟和萨瓦纳是老乡，因此他俩能够进行顺畅的沟通。于是我们拜托萨瓦纳去和他交流，随后大家各自回房。

这时我突然听见阿利库在叫我的名字。我赶紧跑了回去，只见帕塔利瑟已经挣脱了出来，正在疯狂抵抗拉法埃内的束缚。我们五个人一起出手想要抓住他，可他在癫狂之际迸发出了惊人的力量。我和洛伊德抓住他的一条腿，但他奋力一踢，直接将我们俩踢飞了两英尺高。我们和他周旋到凌晨一点才取得了胜利，将他的手脚捆在了床腿上。这对于他来说有些难受，但我们也没有别的办法了。之后他发病的频率越来越高，而且程度也越来越激烈。当真是赖德·哈格德的世界。说起来哈格德的弟弟现在就住在阿皮亚城内，当土地管理员呢。

拉法埃内觉得已经疯了的帕塔利瑟情况不妙，打算回自己家取一些他们祖先流传下来的秘药，于是便走了。没过多久他就回来了，手里还拿着几片我不认识的树叶。他将树叶丢进嘴里嚼碎之后，把汁液涂抹在了帕塔利瑟的双眼上，随后向他耳朵里滴了一些汁液，这看起来有些像哈姆雷特里面的场面。最后又将叶子塞进了帕塔利瑟的鼻子里。过了一会儿，大概凌晨两点，帕塔利瑟终于睡了过去，直到天亮也没有再犯病。

睡醒之后我问拉法埃内为什么会这样，他说道：“其实我昨天拿的药有剧毒，如果小心调整剂量的话，能够毒死一大家子人。我用的时候还在想自己会不会失手呢。岛上知道这个方法的人只有我和另一个女人。那个女人还曾经用它做过坏事。”

停在港口的军舰上有随行医生，我们特地请了他来给帕塔利瑟看看，可他看过之后跟我们说帕塔利瑟是正常的。于是帕塔利瑟也坚持要继续工作，他还特地在早餐时找到大家，然后亲吻了所有人，应该是为昨晚的失态道歉。不过大家着实被他的吻吓着了。此外，当地人都相信帕塔利瑟在发疯时所说的话，认为是他早逝的亲人们从森林来到了他的房间，想将他带到黄泉。还有人说，帕塔利瑟那刚去世不久的兄长那天下午在森林中见过帕塔利瑟，而且还敲了敲他的额头。更有甚者说，我们昨晚其实是在与鬼魂争斗，最终我们取得了胜利，将那些鬼魂赶回了黑暗世界中。

六月某日

科尔文那边寄来了一些照片，居然让一向理性大于感性的芬妮落了泪。

哦，我的朋友！如今的我是多么需要你！需要一个可以在各个方面与我平等交流的朋友；我们在沟通时，不需要用批注。虽然我说话的时候用的言辞不够文雅，但其实，在我心中对他很敬重。如今风和日丽，四处都是一片生机盎然之景，唯一美中不足的是缺少一个朋友。高斯、W.E. 亨雷、巴克斯特、科尔文，还有后来遇到的亨利·詹姆斯，以及我所能想起的曾经青春年少之时所拥有的友情。他们每个人都是那样的优秀。

我现在最懊悔的是当初与亨雷绝交。理智上，我并不觉得自己有任何错处，可情永远是大于理的。亨雷这个男人，身强体壮、人高马大、一脸胡须、面色红润，只有一只脚，他曾和身形瘦弱的我一同在秋天时去苏格兰旅行。那时我们都还年轻，是那样的快乐。他每次大笑，除了脸和横膈膜不笑以外，身体的每个器官都在笑。直到现在我似乎都能听到他的笑声。他这个人也很与众不同，你只要和他交流一番，就会觉得这世上的事皆有可能。每次和他聊天，我都会觉得自己也成为了一个国君、天才、富翁，甚至是有着一盏神灯的阿拉丁。

我想起了那些我所熟悉的人，只觉得世事无常。我不想让自己陷入无谓的感伤之中，于是只能用工作麻痹自己。最近我正在写萨摩亚的纷争史，也可以说是居住在萨摩亚的白人的暴虐史。

当然，今年是我离开英格兰与苏格兰的第四年了。

五

地方自治是萨摩亚的传统，根基深厚。虽然萨摩亚在表面上是一个王国，但实际上这里的政治大权基本上是不归国王所有，而是被各地的法诺（会议）所掌控。这里的王位并不是世袭制，也不是每一代都有。从古至今，这里有五个有王者资格的荣誉称号，各个酋长必须要同时拥有这五个称号，或者是三个以上，才能问鼎王位。可能做到前者的人少之又少，因此这里除了国王之外还有别的酋长拥有一两个称号。这样一来，国王其实是一直处于被威胁的状态之中的，这也是内战的根源之一。

——J. B. 斯特阿《萨摩亚地方志》

一八八一年，大酋长拉乌佩帕拥有了五大称号中的三个称号——“塔玛索阿里”“纳特埃特雷”“马里埃特阿”，因此成功登上王位。塔马塞塞拥有称号“茨伊阿纳”；玛塔法拥有称号“茨伊阿特阿”，因此被推为副国王，轮流上任。先任职的是塔马塞塞。

与此同时，白人对于萨摩亚内政的干涉越来越多。曾经的国王是法诺（会议）和掌权的茨拉法雷（大地主）的傀儡，现在则是听命于居住在阿皮亚城中的小部分白人，美国、德国、英国都在阿皮亚城安排了领事，不过他们的权力并不是最大的。在这里最有实权的还是南太平洋拓殖商会，由德国人管辖。

这个商会之于岛上的白人贸易商便如格利弗之于小人国，之前商会的总经理也是德国领事。他在任职时和新来的坚持人道主义的领事产生了矛盾，后者十分反对商会对当地劳动者的欺压，但还是被他逼得辞职了。德国商会的农场是阿皮亚西边姆黎努海角一带的土地，他们在这里种植了菠萝、可可、咖啡豆等农作物。这里还有约千名劳动者，其中大多数人要么是被人从非洲贩卖过来的奴隶，要么是来自比萨摩亚岛还要原始的岛屿的岛民。

身为监工的白人经常挥鞭鞭打这些黑人和棕色人，逼迫他们无休止地劳动。无论是白天还是黑夜，这里都满是哭号之声。也有人试着逃出去，但几乎都被抓了回来，付出了生命的代价。除此之外，在这里还有一些出人意料的流言，比如那些黑人专门以岛上居民的孩子为食，要知道这座岛上早就没有吃人的习惯了。萨摩亚人肤色大多是棕色和浅黑色，所以他们也很害怕皮肤黝黑的非洲人。

岛上的人越来越排斥商会的统治。比如商会的农场经过悉心的打理煞是好看，在当地人看来这就像是一座公园，然而他们却不能随意进出这个公园，这实在是让他们难以接受。而且他们更不能理解，为什么自己费心费力种出来的菠萝最终被运上商船送到了其他地方，而不是成为他们餐桌上的水果。

因此在这种形势下，当地逐渐出现了一种风气，那就是在月黑风高的时候，跑到农场里破坏农田。大家把这一行为当作是义举，就像侠盗罗宾汉那样，对这些人很是推崇。但商会自然不会就这样息事宁人，他们在抓到始作俑者后并没有将他们关进监狱，而是和德国领事合作，以此来威胁勒索拉乌佩帕国王，要他赔付一大笔钱，而且还让他在一项不合理的税法上签了字，这个税法自然是有利于白人的。

整个萨摩亚岛，上至国王下至百姓，对于这种压迫都忍无可忍。他们打算拉拢英国为靠山。可让人哭笑不得的是，国王、副国王，还有几大酋长在商议之后作出的决定居然是想让英国来支配萨摩亚，这无疑是将萨摩亚从虎穴之中救出之后又丢到了狼群里。而且这个消息很快就传到了德国人那里。德国商会和领事震怒不已，不但将拉乌佩帕国王赶出了王宫，而且还打算扶持塔马塞塞上位。民间还有另一种说法——塔马塞塞主动和德国人联手，背叛了拉乌佩帕。美国和英国对于德国的这一行为都表示反对，也出台了相关政策，三国就这样打起了拉锯战。

最终还是德国打破了僵局。他参照俾斯麦的做法，直接开出了五艘军舰停在了阿皮亚城的港口，以武力发起政变，扶持塔马塞塞上位。而拉乌佩帕为了保命不得不逃到了南边的森林中。尽管大家对这位新国王颇有微词，可迫于德国军舰的震慑，只能默默接受，放弃了起义反抗运动。

拉乌佩帕为了躲避德军的追杀只能藏身于森林之中。一天夜里，拉乌佩帕的一位心腹酋长派了使臣前来传信说道："如果明天早上陛下没有出现在德国军营之中的话，那么我们的岛屿就会面临更大的灾难。”拉乌佩帕虽然不是一位意志坚定的君主，但他依旧有着贵族的骨气，愿意用自己的生命来守护整个岛屿。

于是他在那天夜里偷偷回到了阿皮亚，找到了之前的另一位副国王玛塔法，将身后事托付给他。玛塔法之前也了解到了德国人提出的要求。他们说的是暂时让德国舰队把拉乌佩帕带离萨摩亚，而且德国舰长还保证会优待拉乌佩帕。但拉乌佩帕并没有相信这一说法，直觉告诉他今后他将再也回不到萨摩亚了。他还提前写好了一封诀别信交给了玛塔法，这封信是写给所有萨摩亚人的。分别时，他们泪眼婆娑。拉乌佩帕来到了德国的领事馆，下午便被送上了德国军舰俾斯麦号，去向成谜。他留给世人的只有那一封充满了悲壮之情的诀别信。

“……我爱萨摩亚岛，也爱岛上的所有人，我不希望再有任何人为了我而流血牺牲。因此我愿意去面对德国政府，将自己的命运交由他们决定。可我究竟所犯何罪，使得这些白人大发雷霆，如此对待我和我的国家？即使到了这一刻，我还是想不出答案……”他在信的结尾处呼唤着萨摩亚各地的名字，字里行间满是伤感，“萨法拉伊、阿阿纳、图图伊拉、马诺诺……永别了……”大家在读到这里时都落下了伤心的泪水。

这件事发生在史蒂文森来到萨摩亚岛的三年前。

当地人都很排斥新国王塔马塞塞，因此对玛塔法有着很深的期望。各地常有起义发生，在大家的拥护下，玛塔法自然而然地成为了起义军的领袖。美国和英国虽然并不支持玛塔法，但因为站在德国的对立面，他们还是会经常刁难塔马塞塞。于是双方的矛盾也越来越多，并且逐渐尖锐化。

玛塔法在一八八八年秋季公开召集军队于山中林间高举起义大旗。

而德国则派出军舰在海岸一带巡查，并且向起义军的部落开火。美国和英国自然是反对德国此举的。战争一触即发。玛塔法在几场胜仗之后不但把塔马塞塞赶出了皇宫，而且还把阿比亚东部的拉乌利伊团团围住。为了营救塔马塞塞，德国军建的陆战队登陆。他们在方格利峡谷与玛塔法军队交手，铩羽而归，德国军队损失惨重。当地人在高兴之余很是惊讶，因为曾经被他们奉为半神的白人就这样被他们打败了。塔马塞塞逃亡出海，由德国所操控的当地政府也分崩离析。

德国领事震怒不已，打算采取铁血政策，用军舰向海岛施压。于是，阿皮亚港港口附近聚集了各国的军舰，局势紧张。一八八九年三月，在阿皮亚湾停了一艘英国军舰、两艘美国军舰，还有三艘德国军舰，呈现出三足鼎立之势；而位于城市之外的森林之中，则藏着由玛塔法所带领的起义军。

就在这紧急关头，上天戏剧般地给了人们一个措手不及。前一晚还风平浪静，停在海港的六艘军舰在突如其来的飓风席卷之下只余一艘，而且也已经残破不堪。这场暴风雨来势汹汹，并且持续了一天一夜。本来打算兵戎相见的两方如今都在拼命救援，白人也好，当地人也罢，大家都一视同仁。躲在森林之中的起义军也加入了救援工作，帮忙收敛尸体，照顾伤员，德国军队也没有对他们进行逮捕。这场天灾倒让双方握手言和。

同年，关于萨摩亚的三国协定于柏林签订。协约规定保留萨摩亚国王之位，不过英国、美国、德国三国将共同成立政务委员会，辅佐国王。此外，将有欧洲直派委员会的政务长官和掌管萨摩亚司法权的法官，并且由政务委员会决定国王人选。

在这一年年底，于两年前在德国军舰上消失的拉乌佩帕归来，只是形销骨立，很是憔悴。这两年他先后去了欧洲、德国在西非建立的殖民地、德国本土，以及密克罗内西阿，而且一直处于被监禁的状态。这一次，他也将会是欧洲的傀儡，继续坐在王位上。

其实如果非要选举国王的话，从各方面条件来看，玛塔法无疑是最佳人选。然而他在方格利峡谷斩杀了诸多德国士兵，因此德国人对他很排斥，并不同意他做国王。好在他本人对此也并不心急，其一是他认为国王之位早晚都是属于他的，其二是他对于拉乌佩帕这位曾在两年前和他泪眼相望、如今憔悴不已的前任国王有着一颗同情之心。而拉乌佩帕当年确实是想将王位传给玛塔法的，但漫长的漂泊岁月将他原本就不多的意志力消磨殆尽，现在他再也没有当初那份魄力了。

可是白人却故意曲解这二人的友谊，当地人在原有的派别意识下，也对此产生了误解。拉乌佩帕被政务委员会强行册封为王的一个月后，民间就出现了玛塔法与国王不睦的传言，而此时身为当事者的两人关系都还不错。可外边的流言蜚语越来越多，两人也受到了影响，在经历了一个奇特又悲哀的过程后，他们的关系真的开始恶化了。

史蒂文森刚到这里的时候就对当地白人欺压本地人的行为愤怒不已。这些白人无论是从政官员还是商人，无论是美国人、英国人还是德国人，都只是为了获得更多金钱才来这里。这于当地人来说也不是一件好事。在这群人之中，只有寥寥几个牧师是因为真心喜爱这里才选择留下来的。

史蒂文森的情绪从最初的震惊转为了愤慨。虽然站在殖民者的角度来看，会因这些事情而震惊的人才是真的不可思议。但是史蒂文森还是执笔写了一篇文章寄回了伦敦的《泰晤士报》，其中详细讲述了萨摩亚岛上的情况，如白人对当地人的欺压和羞辱、当地人的痛苦悲惨等。可这只给史蒂文森带来了大众的嘲笑和一个“知名作家在政治上竟是如此无知”的名声。

史蒂文森一直看不起“唐宁街里面的凡夫俗子”，他在听闻大宰相格莱斯顿，找遍所有旧书店只为寻得首版《金银岛》的消息时也只觉得很是无聊，所以他也可能是真的不了解政治。然而，他坚持认为“以一颗爱护当地人之心来制定殖民政策”的想法没有任何问题。由于他一直对岛上的白人持批评的态度，因此包括英国人在内的阿皮亚的白人都很疏远他。

史蒂文森一直都很认可家乡苏格兰的高地人氏族制度，这和萨摩亚的族长制度有几分相似。他在见到玛塔法的第一眼，便觉得所谓族长，理应如此——有着高大伟岸的身形和不怒自威的神态。

玛塔法所居住的马里艾位于阿皮亚西边七英里远的地方。他虽没有国王之名，但他有无数人的敬重和数量颇多的部下，这正是王者的风范。他一直没有明确抵制过白人委员会成立的现任政府。而且就算是白人官员也会偷税漏税，他却坚持纳税，一丝不苟。如果他的手下有错，他也会遵从裁判所长的传唤。即使如此，现任政府依旧将他视为强敌，对他充满了厌恶、畏惧。还有人偷偷向政府举报称玛塔法私下筹备军火。可实际上，虽然当地人关于更换国王的呼声越来越高，甚至连政府都知道了，但是玛塔法本人并没有这方面的表示。

他一直信奉基督教，孤身一人，也过了花甲之年。这二十年间，他遵从自己的誓言，要像天主那样活在世上。他仅有的娱乐就是每晚召集岛上各地善于说书的人，与他们席地而坐，然后听他们讲述那些遥远的故事和歌谣。

六

一八九一年

九月某日

最近岛上多了很多莫名其妙的传言， 如“阿婆利玛水道上的天空在夜深人静的时候会发出诡异的叫声，那是萨瓦伊岛和乌波卢岛的神仙们在打架”“酋长会议举行时会议室的墙上有一只无头蜥蜴在乱窜”“在阿皮亚湾抓到的鱼肚子里有许多不祥之语”“瓦伊辛格诺的河水变红了”等等。当地人都觉得这是战争爆发的预兆。他们希望玛塔法会出面带领他们对抗白人政府，推翻拉乌佩帕。

这并非天方夜谭。就波利尼西亚的政府来说，里面的官员只想着拿高官厚禄，却不做实事，着实让人失望。比如裁判所长切达尔克兰茨，他本人的性格倒不招人烦，可在公务上却碌碌无为，敷衍了事；政务长冯·匹尔扎哈所做的每一件事都寒了当地人的心，他只知收税不知修路，任职之后从未向当地人授予过一官半职，更不会将钱花在萨摩亚岛、萨摩亚国王，甚至是阿皮亚城的建设上。他们根本就是遗忘了和他们一样长有五官、身体、思想的萨摩亚人，也没有想过自己身处的萨摩亚岛。冯·匹尔扎哈只交过一份提案，那就是给自己修一座辉煌的府邸，而且已经着手修建。正对着这座官邸的王宫，就算在整个岛上，装饰得也属于中等偏下、有些破败，看上去就像一座茅草棚。

而上个月政府的人事支出是多少呢？我们可以看一看这份清单：

裁判所长工资——五百美元

政务长官工资——四百一十五美元

警察署长工资——一百四十美元

裁判所长秘书官工资——一百美元

拉乌佩帕工资——九十五美元

从这些小细节上，我们也可以大致了解，在这样一个政府的管理下，萨摩亚会是怎样的情况。

据传闻称，R•L•S 氏这位完全不了解殖民政策的文人，坚持对这些被指名者指点江山，充满了不值钱的同情，就像是堂吉诃德那样。这段话是一位住在阿皮亚的英国人所说。对此，我先要为自己能和那位充满了仁爱之心的侠义之士相提并论而表示荣幸。其实我真的不了解政治，但我觉得这是一种荣誉。我并不清楚殖民地或半殖民地所说的常识是哪些。可即使了解了，我作为一名作家，只要没有对此由衷地认可，那么我就不会将这些常识作为我的行动准则。

能够让我，或者是其他艺术家自愿采取行动的永远是那些能够真正深入人心的事物。如果你现在问我这个东西是什么，那么我的回答便是："我现在并不是以游客的身份面对这座岛屿，而是以岛民的心态来爱这里和这里的人。"

无论如何我现在都要想出一个可以解决白人对当地人的压迫以及即将发生的内战的方法。可我的力量是那样的微小，连参加选举的资格都没有，根本影响不了大局。我曾经上门拜访过阿皮亚的重要官员们，可他们对我的态度很是敷衍。他们愿意接见我，主要还是因为我这个作家有一些名气罢了。我猜就在我转身离开之际，他们一定露出了各种无奈的表情。

我被无能为力的感觉包围着，眼睁睁看着这世间的不公、贪欲和蠢笨越来越多，但自己什么都做不了。

九月某日

马诺诺那里又出现了问题，这个岛虽然很小，但实在是太容易发生暴乱了，在萨摩亚的所有斗争之中，有七成都是在这里发生的。支持玛塔法的马诺诺人放火烧了拉乌佩帕支持者的房屋，使得岛上一片混乱。

而裁判所长此时正在斐济寻欢作乐，所用的还是公费。政务长官匹尔扎哈亲临马洛洛，随后独自骑马去和作乱者周旋，而且要求犯罪者自己去阿皮亚自首，这么看来他倒是还有些勇气。这些犯罪者也是一诺千金，主动来阿皮亚自首了。最终他们被判了为期半年的监禁，即刻执行。三十名士兵配枪押送犯人去往监狱。其余的马诺诺人在必经之路上对这些人大喊着："我们肯定会把你们救出来的！"而这些犯人则回应道："不必这么做，这些事情都不重要。"

事情到了解这里本该落下帷幕，可人们都认为近期一定会发生劫狱事件。于是监狱加强了管控。但是在这些谣言的恐吓下，守卫长这个年纪尚轻的瑞典人提议将牢房的地底下布满炸药，一旦有人劫狱就将这些炸药引爆，让这些人葬身监狱。这个方法当然太野蛮了，而政务长居然同意了这一建议。于是守卫长来到港口，想向停在这里的美国军舰借炸药，可美军并没有答应。美国把两年前被暴风雨侵袭而沉没的军舰赠予了萨摩亚政府，因此这里有一支工程队正打捞沉船。守卫长便向他们借了炸药。

炸药的事还是走漏了风声，外界对此众说纷纭，似乎随时都有可能爆发大动乱。政府有一些担忧，于是就在这几天用船转移了犯人，把他们送到了特克拉乌斯岛上关押。这些犯人正在服刑，没有任何非法的举动，把他们直接炸死，实在是太过荒谬。把监禁改为流放，也是真的荒唐。这充满了无耻、卑鄙、胆小的行为，就是当时自认为是文明人的殖民者做出来的。但要是让当地人觉得这些都是白人认可的，那就麻烦了。

我在事发时就把对这件事的质疑书邮寄给了政务长官，可直到现在也没有收到任何回复。

十月某日

我今天终于收到了政务长官的回信，然而这封信的字里行间满是敷衍、傲慢，没有任何有用的信息。我立刻又寄了一封质疑书。其实我最讨厌这样的拉锯战，但我真的不能眼睁睁看着当地人被炸死。

岛上的人反应还算平静，但谁都不知道这份平静能维持多久。大家也越来越讨厌白人。就连一向好脾气的亨利・西梅内都说道："阿皮亚的白人每天耀武扬威，实在是太讨人厌了。"据说曾经有一个喝醉了的白人在亨利面前舞刀，威胁他说要把他的头砍下来。这是文明守礼的人会做的事情吗？虽然萨摩亚人并非时刻都那么优雅，但他们温和守礼，除开盗窃这个陋习外，也有自己的荣辱观，怎么看都比想要用炸药炸人的长官文明多了。

我写完了在《斯克里布纳杂志》(Scribner's Magazine)上连载的《触礁船打捞工人》的第二十三章。

十一月某日

这几天我都在四处奔走，几乎快成了一个政治人物，这是出喜剧吗？我在深夜之中奔波、参与秘密集会、寄出密信。我看见深夜中的森林发出点点磷光，很是漂亮。据说这光是一种菌类发出的。

有个人没有在我写给政务长官的质疑书上签字，于是我便登门拜访，最终说服了他。原来我现在也变成了一个意志力坚强的人了。

我昨天还去见了拉乌佩帕。他住的房子又低又矮很是残破，就像是乡村中常见的茅屋。而皇宫对面便是马上就要完工的官邸，通体气派、金碧辉煌。拉乌佩帕每天都只能仰望着它。他一直害怕白人官员，所以不太想接见我。我们的交谈也很简洁明了，但这位长者在说萨摩亚语时的发音十分优美，尤其是重元音。

十一月某日

我完成了《触礁船打捞工人》的全部创作，但《萨摩亚史脚注》还在写作之中。要写好现代史并非易事，特别是在描写自己认识的人时，更是难上加难。

我之前拜访拉乌佩帕国王还是引起了轰动。政府发布了新公告，宣布今后无论是谁想拜见国王都必须要得到领事的首肯，并且携带政府指派的翻译。国王啊，当真是尊贵的傀儡。

政务长官似乎是想拉拢我，要与我进行会谈，但我并没有答应。

这样一来，我基本上就站在了德意志帝国的对立面。之前常来我家里拜访的德国官员们也纷纷以出海为由不再来访。

好玩的是，居住在城中的白人也不待见当地政府。政府一味地刺激当地人，就会使得他们对白人更加仇视。要知道，与当地人相比，白人更不愿意交税。

最近流感肆虐，据说瓦伊内内农场病死了七十名劳工。城中的舞池都闭门谢客了。

十二月某日

前天上午送到了一千五百颗种子，下午又送到了七百颗。因此，从前天中午到昨天晚上，所有人都在地里耕种。大家都跟个泥人似的，阳台也变成了爱尔兰的泥煤田。我们先要把可可种子种到用可可树叶编成的篮子中。十个当地人在屋后的森林中编篮子；四个少年将土装入箱中搬到阳台上；伊莎贝尔、洛伊德和我一起把土里的石子和黏土块都筛掉，然后把土装好；奥斯汀和法阿乌玛把篮子搬到芬妮旁边；芬妮在每个篮子中种下一颗种子，然后将它们摆在阳台上。这一套流程下来，大家都疲惫不堪。

今天早上起床的时候，我们还是觉得很累。不过邮船马上就要到了，我必须得加紧写完《萨摩亚史脚注》第五章，因为这本书所具备的意义不是成为艺术品，而是应该以最快的速度在读者之中传阅。

大家都在说政务长官要辞职了。但这个消息也不一定可靠。可能是他和领事之间产生了矛盾，所以才引发了这些流言。

一八九二年

一月某日

我嗅到了暴风雨的味道。我最近感冒了，一直没有好，风湿也要犯了。我关了门，打开灯，记起一位长者说的话：“风湿主义是所有主义之中最糟糕的。”

我为了让自己放松一些，最近都在写史蒂文森家族史，从曾祖父时期落笔。每当我想起曾祖父、祖父、父亲和他的两个兄弟，代代相传一直守在满是浓雾的北爱尔兰海边修建灯塔，便觉得无比自豪。我应该给这本书取一个什么样的名字呢？《灯塔技师之家》《家族史》《北边的灯塔》《工程师之家》《苏格兰人之家》《史蒂文森家族史》?

祖父历经艰辛才在贝尔·罗克暗礁海角修起了一座灯塔，整个过程也被详细记录下来，并且保存了下来。虽然当时我还没有出生，但在翻阅这份资料时，却觉得好像身临其境。我不再是现在的我，而是生活在八十五年前，在北海的大雾和风浪的折磨下，与只在退潮时才出现的海角魔鬼做斗争的人。风急浪急，海水冰冷，船板摇晃，海鸟尖叫……这一切都是那样的逼真，似乎就像我亲身经历一般。我只觉得胸口被什么东西烫到了。我看到绵延的苏格兰山脉、成片的石楠树、荡漾的湖水；听到在早晚都会响起的喇叭声，它来自爱丁堡。啊！拉斯海角、卡库沃尔、巴拉黑特、彭特兰山岗!

我现在正处于南纬十三度，西经一百七十一度，和苏格兰遥相呼应。

七

在翻看《史蒂文森家族史》的相关材料时，史蒂文森开始回忆那座距他有一万英里远的城市——爱丁堡。破晓时分，天边有着薄薄的晨雾，隐隐约约可以看到一座山丘，在山丘上矗立着一座老城，直接通往谢尔维特的圣嘉伊尔斯教堂。

史蒂文森在少年时期气管就有问题，入冬之后每天凌晨都会把自己咳醒，醒来后就难以入眠，只好起床。保姆卡米会过来扶他走到窗边坐在椅子上，然后裹一张毛毯。卡米陪着他一起坐下。等他咳完，两个人就这样静静地看着窗外，谁也不说话。天还未亮，黑利欧特大街上还亮着街灯。再过一段时间，街上就传来汽车发动的声音，拉着运菜车准备去菜市场的马吐着白气。这是史蒂文森对这里的第一印象。

在爱丁堡，每个人都知道史蒂文森家族这个灯塔技师世家。托马斯•史密斯•史蒂文森是史蒂文森的曾祖父，也是北英灯塔局的第一位技师长，其子罗伯特也子承父业，建成了举世闻名的贝尔•罗克灯塔。而罗伯特的三个儿子——托马斯、蒂维多、阿兰也都相继成为技师长。

作家史蒂文森是托马斯的儿子，托马斯将总光反射镜和回转灯结合起来使用，是灯塔光学界的大师。他和自己的两个兄弟一同努力，在斯克里沃阿、琪坤斯等地修建了许多灯塔，还修复了很多港湾。他是天赋异禀的实干型科学家、是忠于大英帝国的技术人才，也是虔心信奉苏格兰教会的信徒、是拉克坦斯提乌斯——被称作是基督教之西塞罗的忠实读者，除此之外他还喜欢向日葵，也爱收集古董。从妻子的讲述之中，我们可以知道托马斯一直有着凯尔特式的忧郁，他不认可自己的价值，经常有轻生的念头，情绪也变化无常。

年轻的罗伯特•路易斯•史蒂文森极为厌恶历史悠久的都城，也不喜欢生活在这里的信徒们，包括他的亲人。在他看来，这个都城就是长老派教会中心，虚伪至极。

这个城市在十八世纪末期出现过一名男子，他叫蒂空•布罗蒂。此人白天只是一个普通的木雕匠人，也是市议会的成员之一。但一到夜里，他就成为了最残忍的强盗和最疯狂的赌徒。在这里生活了多年后，他才原形毕露，最终被判处死刑。当时年仅二十岁的史蒂文森觉得蒂空•布罗蒂代表的是爱丁堡的上流社会。因此他再也没有去过之前常去的教堂，而是来到了贫民区的酒吧。

他曾经想让自己的儿子也成为一名工程师，不过当儿子表示想做一名文学家后，他也勉强同意了。但他对于儿子的弃教行为耿耿于怀，表示绝不原谅。于是在儿子的愤怒、母亲的哭声和父亲的绝望中，他们的矛盾越来越大。他觉得儿子还没有长大，因为儿子意识不到自己正在坠入深渊，可事实上儿子确实已经跨入了成人的行列，并且完全不听他的忠告，因此他觉得很是无助。

时刻都在自省的他，身上在表现出这份无助时，很是奇特。在爆发过几次争吵后，他没有再去责怪孩子，而是责怪自己。他跪在地上，哭着祈祷，并且向神明忏悔，只觉得是自己没有做好表率，才让儿子背叛了神明。而他的儿子也无法理解，自己的父亲既然是一位科学家，为什么又会如此迷信呢？

儿子与父亲的争辩最后都会变成询问教义的原始意义，还会举出很多不成熟的反奇迹论以及各种无神论事例，他不觉得自己的想法幼稚可笑，也不觉得父亲在辩论上技高一筹，但他总是赢不了父亲。其实父亲并没有仔细思考过教育的本质，要想赢他并非难事。可问题在于，每次与父亲争论时，儿子的态度都很激烈，那是他自己都会厌恶的样子。而且他所说的话都很肤浅、幼稚。莫非是自己还不够成熟，在和父亲说话时总是带有撒娇的意味？就像父亲一直觉得他还没有长大那样？或者说是他自己的思想确实不够成熟，没有什么价值，所以在和父亲争辩时才会原形毕露、不堪一击吗？这些问题总是困扰着史蒂文森，尤其是在和父亲争吵完之后。

他和父亲的关系又因为迎娶芬妮的事而变得紧张。托马斯觉得芬妮是美国人，还比儿子年长，而且当时她还是奥斯本夫人，实在是不能接受。可史蒂文森向来一意孤行，他在自己三十岁这一年，决定要自力更生，并且愿意承担起照顾芬妮和她的孩子的责任，于是离开了英国。此后父子二人便再无通讯来往。

托马斯在儿子离家的一年后辗转听到别人提起儿子在几千英里外，每日食不果腹、饱受病痛折磨，他实在是不忍心独子受罪，还是打算出手相助。芬妮在美国给托马斯寄了一张她的照片，并且写道："我没有照片上那么漂亮，不必以此判断。"

史蒂文森带着妻儿重返美国，让他没有想到的是芬妮居然得到了父亲的认可。托马斯一直知道自己的儿子满腹才情，但也感觉到儿子有些与众不同，让他很不放心。而且这种不放心并不会随着儿子年纪的增长而消除。虽然他一开始很反对这场婚姻，但他慢慢发现儿子在结婚后倒变得脚踏实地了。儿子把自己的妻子当作了精神支柱，意志力更为坚定，身上也散发出了活力。

一八八一年夏，在解决了所有矛盾后，史蒂文森带着自己的妻儿和父母一起住到了布雷伊玛（Braema）山庄，在那里度过了一段快乐时光，他至今都记忆犹新。同年八月，阿伯丁（Aberdeen）地区专属的带着冰雹和雨雪的东北风呼啸而至，每天都如此。史蒂文森的身体也每况愈下。

有一天，爱德蒙多·高斯登门拜访。他虽然只比史蒂文森大一岁，但学识渊博，和老史蒂文森很是投缘。他早上用过餐之后便会去二楼病房和史蒂文森下国际象棋。由于之前医生告诫史蒂文森早上不要开口，因此两人下棋时从不言语。如果史蒂文森累了，便会敲棋盘发暗号。芬妮或者是高斯便会铺床铺，扶着他去休息，方便他躺着写作。他之前受到洛伊德年少时画的一张地图的启发，想到了一个海盗冒险的故事，他想赶紧将这个故事写下来。因此直到晚饭前，史蒂文森都躺在床上创作。

史蒂文森会下楼吃晚餐，这时他不用再保持沉默，变得特别爱说话。每晚他都会给大家读他当天写好的小说。窗外风急雨大，窗缝之间漏进来的风使得屋内烛光摇曳。大家放松地听着故事，都很投入，而且听完之后会争先发表意见，兴致更是一晚高过一晚。就连老史蒂文森都会说：“就让我给比尔·彭斯的箱子里的宝物做张清单吧。”而高斯默默看着这其乐融融的一家，有些伤感地想：“这样才华横溢的身体，到底还能撑多久？这位享受着天伦之乐的父亲会不会白发人送黑发人？”

不过，托马斯并没有等到那一天。他在史蒂文森离开英国的三个月前，与世长辞，永远沉睡在爱丁堡。

八

一八九二年

四月某日

今天，拉乌佩帕突然来了我家，还带了几名随行侍卫。我们一起共进午餐。他今天非常平易近人，还问我为什么不去看他。我只好回答说:“因为我想见您必须要先请示领事。”他立刻说道：“影响不大。”随后他还表示想再跟我一起吃午饭，时间由我定。于是我便选择了这个星期四。

他刚走就有一个带着巡查徽章的男人来了。可他并非阿皮亚的巡查官，而是叛军阵营中的人。所谓的叛军就是政府官员对玛塔法派系的称呼。听说他是从马里艾来给我送信的。如今我虽然不会说萨摩亚语，但还是能看得懂。这封信是玛塔法给我寄的回信，他在信中表示想见我一面，希望我下个星期一可以去马里艾一趟。我借用萨摩亚语版的《圣经》勉强用萨摩亚语给他写了回信，估计他看见我这“吾诚告汝”的正式用语会吓一跳。在接下来的七天内，我会相继见到国王和他的对手，要是能从中进行调和就好了。

四月某日

最近，我的身体不太好。

按照约定，我去了姆黎努王宫，照样看到了王宫对面金碧辉煌的政务长官府，实在是刺眼。拉乌佩帕今天说的话有些意思。他讲述了五年前他抱着舍生取义的信念登上德国军舰，被带离祖国的经历。言简意赅，却真挚动人。

“……当时有人跟我说只能在晚上上甲板。军舰开了很久之后才来到一个港口。我下船上岸，发现那个地方很热，也看到很多被羁押的人在辛苦劳作。铁索将两个犯人的脚踝绑在一起。那里有很多黑人……之后我又在船上待了很久，看到了一片很奇怪的海岸，据说那里很接近德国。我看见阳光洒在一望无际的悬崖上，但三个小时后，海岸便消失了，我震惊不已……来到德国之后，我们穿过了一座玻璃屋，里面放了很多被叫做火车的东西……离开德国之后的几天，我们都一直在海上漂泊。只见海面越来越窄，最后就只有一条河那样宽了。他们跟我说这里就是红海，就是《圣经》中提到的那个红海。我看着这片红海，心中又是雀跃，又是好奇。可就在夕阳的余晖洒在红色的海面上时，我又被带上了另一艘军舰。”

拉乌佩帕说话时用的是传统的萨摩亚语发音，语调悠然，听起来很舒服。

这位老人很善谈，也很善良，但他似乎很怕我提到玛塔法。他不太了解自己的处境，还想跟我约定大后天再见面。虽然我马上就要去见玛塔法了，而且身体也很不适，但我还是没有拒绝他。我们约定好在霍维特迷牧师家见面，因为我想让他来做翻译。

四月某日

我依照和国王的约定，一早便骑马来到了牧师家。但我等到上午十点都还没有看见国王的身影。此时有位使臣来跟我说，国王现在正在与政务长官商量政事，没有时间，只能在傍晚七点左右过来。我只好先回家，等到傍晚再来。可是直到晚上八点，我还是没有看到国王，这一天算是白忙了，我实在是有些累。这位懦弱的国王根本不敢甩掉政务长官的监视来和我见面。

五月某日

我在早上五点半带着芬妮和贝尔出发了，同行的还有我们的厨师塔洛洛，他既能做船工又能做翻译。我们早上七点划船到了礁湖，此时我的心情还有些低落。当我们来到马里艾时，玛塔法热情地接待了我们，只是他好像误会了贝尔的身份，觉得她也是我的妻子。塔洛洛的翻译实在是太不靠谱了，明明玛塔法说了很长一段话，但他最终就给我们翻译出了一句“我太惊讶了”。而且不管对方说什么，他都只有这一句反应。同样地，在翻译我们说的话时他也是这样不靠谱，因此我们和玛塔法的交流很困难。

我们喝了卡瓦酒，吃了阿罗鲁特的食物，然后和玛塔法散了散步，用我知道的萨摩亚语进行了简单的沟通。门前的院子中有舞蹈表演，那是为女士们准备的。

在夜色袭来之时，我们便起身告辞了。天上挂着一轮新月，而这里的礁湖很浅，船底都能碰到湖底。我们行驶到湖中心的时候，遇到了几艘捕鲸船正从萨瓦伊返航。捕鲸船很大，有十二个船橹，可供四十个人乘坐。每艘船上都点了灯，船夫在划船的时候放声歌唱。

夜已经深了，我们不打算赶路，便在阿皮亚的饭店住下了。

五月某日

清晨下起了雨，我骑马来到了阿皮亚，见到了这次的翻译萨雷·特拉安。下午又走陆路去了马里艾。这段路有七英里长，加上一直在下雨，路面泥泞不堪，杂草都没过了马脖子。等我到达马里艾时，天都快黑了。这个村庄里有一些村民的家很气派，他们打开门窗，屋顶是高高的圆拱形，路面上铺了小石子。玛塔法家也装饰得很不错。屋子的正中间点了一盏用椰子壳做的灯，迎面走来四个仆人，他们告诉我玛塔法现在在礼拜堂。果然，那里有歌声传来。

等了一会儿，玛塔法就过来了，我们换下湿衣服后，大家开始交谈。仆人们端来了卡瓦酒，几位酋长和我们面对面坐着。玛塔法向他们介绍道："他是顶着阿皮亚政府的反对和这场暴雨前来帮助我的好友。以后你们要多和茨西塔拉来往，无论什么都要向他伸出援手。"

我们一边喝酒一边用晚餐，一会儿谈政治，一会儿聊天，半天的时光转瞬即逝，直到我的身体发出警告，我们才结束交谈。我睡在屋子一角，这里有张临时铺的床铺，用了五十张最舒服的垫子铺成。屋外有警察和侍卫看守，他们从晚上站到天亮，一直都没有离开。

我在凌晨四点便醒了。隐约听到一阵温柔、优雅、平和的笛声，时断时续。

后来他们告诉我，每天这个时候都会响起笛声，据说是为了让家人有个美梦。这样的享受很奢侈，却又迷人。据说玛塔法的父亲一直都钟爱幼鸟的鸣叫声，所以人家都叫他"小鸟之王"，我看玛塔法也继承了他父亲的这一喜好。

用过早餐后，我便要和特拉安一起返程了。由于昨天下雨打湿了马靴，因此今天我们只能赤脚骑马。清晨的风景极佳，可是道路还没有干，高高的杂草打湿了我们腰间的衣服。在经过猪栅栏的时候，特拉安有两次都被马摔了下来，看来马儿跑得有些累了。我们经过了热带雨林和黑泥沼泽地，终于回到了城里，听见木鼓帕特被敲响，身着华服的当地女孩们正在向教堂走去。我这才想起今天是周末。我们在街上吃了点东西，然后各自回家了。

这一路上我们总共走了二十英里（有一半的路都是在雨里走的）、经过了十六个栅栏、商讨了六个小时的政务。我想起自己曾经在斯克里沃阿的碌碌无为，只觉得如今发生了翻天覆地的变化。

玛塔法当真是位气度不凡的人，我相信我们在昨晚的交流之中找到了共鸣。

五月某日

最近，雨一直下个不停，似乎是想把上个雨季亏欠的雨量全部补回来。我们种的可可幼苗这次应该是喝饱了吧。雨拍打在屋檐上的声音刚停，就传来了淅淅沥沥的水声。

我终于完成了《萨摩亚史脚注》一书，它虽不是文学作品，但绝对是一份详细、公正的记录。

住在阿皮亚的白人以政府的会计报告不详为由拒不交税。就连委员会也没有办法传唤他们。

前段时间，拉法埃内的妻子法阿乌玛离开他了。他整个人都很颓废，觉得身边所有人都是他妻子的帮凶。不过现在他似乎已经认清了现实，打算再找个妻子。

写完了《萨摩亚史脚注》，便能全心创作《绑架》的续篇——《戴维·巴尔弗》。我之前也曾几次动笔，但都没能坚持下来，不过我觉得这一次我一定可以把它写完。《触礁船打捞工人》反响不错，让我觉得很意外，我一直觉得自己写得不太好。不过《戴维·巴尔弗》应该会是我在《巴伦特雷的少爷》之后写出的又一部优秀作品。其他人或许无法理解我对于戴维这个青年的喜爱。

五月某日

裁判所长切达尔克兰茨不知道为什么来我家了。他只是随意跟我们聊了几句就离开了。我在《泰晤士报》上发表的公开信，很多都是对他的指责，他应该看到了。所以这次他究竟是为什么来的呢？

六月某日

玛塔法邀请我去参加宴会，因此我很早就带着母亲和贝尔出门了，这一次我们带的翻译是混血儿萨雷·特拉安。随行的还有厨师的母亲塔乌伊洛，她是附近一个部落的酋长夫人，体格健硕，看起来比我们三个人都大了一圈。此外我们还带了两个少年。

我们分成了两批，一批坐小船，一批坐独木舟。然而行至一半，小船被卡在了靠近海边的礁湖中，船上的人只能光着脚走上岸。上岸之后还要经过一英里长的海滩。沙滩又湿又滑，当天的太阳还很毒辣。我今天刚穿上从悉尼寄来的衣服，伊莎贝尔身穿白色花边裙，我们俩都狼狈不堪。当我们到达马里艾时，身上满是泥土。而坐独木舟的酋长夫人他们早就到了。此时战斗舞已经跳完，我们只能看接下来的舞蹈，不过也看了两小时。

房子前有一片绿地，周围有凉棚，是拿椰子叶和粗布围着的。当地人身着各种各样的服装，并以部落为单位坐在一起，形成了一个大三角形。有些人用紫色花瓣点缀自己；有些人将白檀枝插在头上；有些人裹着帕奇瓦库；有些人缠着塔巴……

众人中间有一片空地，上面堆满了各酋长送来的食物，送给他们心中真正的国王。这些人都没有被白人操控，所作所为都发自真心。壮丁和执事站成一列，唱着歌搬运大家送来的礼物，而且还把礼物高举过头展示给所有人看。接受礼物的人大声地说出收到的礼物是什么，谁送来的，这虽然有些夸张，但充满了仪式感。有一位体型健硕的执事，皮肤发亮，好像抹了油。他将一只烤全猪举过头顶挥舞，汗流浃背，大声呐喊，让人印象深刻。不一会儿我听到了我们带来的饼干桶的介绍，同时还有“阿利伊・茨西塔拉・欧・雷・阿利伊・欧・玛洛・特特雷”。

在我们的座位前坐了一位老人，他用绿色的树叶盖在自己的头上。只见他皮肤有些黑，侧脸看起来神情严肃，跟但丁就像是一个模子里刻出来的。他叫珀珀，是这里的一位说书人，颇有特色，而且德高望重。坐在他旁边的人是他的儿子跟同行的人。玛塔法的座位在我们的右侧，距离有些远。我看见他时不时动动嘴唇，摇晃着手腕上的那串念珠。

宴席上准备的是琥珀酒。玛塔法刚喝了一口，现场便响起了一阵奇妙的叫声，正是珀珀父子俩发出来的。我是第一次听到这种声音，感觉有点像狼嚎声，不过听说那是“茨伊阿特阿万岁”之意。随后大家又开始用餐，玛塔法吃完之后，现场又响起了这种声音。那一瞬间我看到他脸上出现了年轻人所特有的骄傲神情，其中还夹杂着一丝野心，但下一秒就不见了。或许这次珀珀父子在玛塔法与拉乌佩帕绝交之后第一次来这里，而且赞颂茨伊阿特阿吧。

搬完食物之后，负责人又依次记录下了礼物的数量。说书人用一种滑稽的语调将礼物的名称和数量唱了出来，比如“三只大海龟”“三百五十九头烤猪”“六千个塔罗芋头”等，在座的人听了之后都捧腹大笑。

这时，出现了一个神奇的场景。只见珀珀带着他的儿子起身，然后拿着一根长长的棍子跳进了堆放食物的院内起舞，舞步很是奇特。珀珀将手臂伸直转动长棍，随之舞动；他儿子则是蹲在地上以一种奇特姿势反复跳跃。他们边跳边划圈，只要是圈内之物皆归他们所有，而这圈子也越来越大。这样一个充满了地方色彩的古老仪式甚至引起了一些萨摩亚人的哄笑。我看到这次带来的饼干和小牛都被他划走了。不过在圈得了大部分食物之后，他又将这些敬献给了玛塔法。

接下来要介绍的是酋长。他虽然没有准备舞蹈，但还是得到了一只大海龟、一条鲨鱼、两只烤猪、一百个塔罗芋头、四张席子、四个油葫芦和五只鸡。几个身着还没有兜裆布长的腊圭的年轻男子跳出来了。他们趴在由食物堆积而成的小山上，听着指令又快又准地找到了这些东西并且将它们搬了出来，再以最快的速度重新摆好放在另一处。他们身手敏捷，就像小鸟在田中觅食。

九十多个身着紫色腰布的大汉忽然站在我们面前。他们在大家还没反应过来的时候便发力将手中的东西——活鸡，抛到半空中，然后又稳稳接住，如此反复多次。现场的人们开始躁动，发出了欢呼声，其中还夹杂着那些鸡仔的悲鸣声。那些古铜色的手臂一直在挥舞、抬起，看着倒是很有趣，但谁也不知道究竟死了多少只鸡。

我与玛塔法在屋内聊完之后便离开来到了河边，他送给我的食物都被装好运到了船上。我正想上船，突然下起了暴雨，我们只好返回屋子里避雨。半个小时后，也就是下午五点，我们才坐独木舟和小船回去。入夜之后，两岸灯火通明，人们尽情歌唱。人高马大的塔乌伊洛夫人歌声竟然格外甜美，实在是让人大吃一惊。航行途中突然又下雨了。船上的人和东西都湿透了。我们晚上九点左右才回到了阿皮亚，又找了家饭店住下。

六月某日

仆人们都在说有人在后山的树林中发现了一副骸骨。我带着大家去查实后，发现真的是人骨，应该死了很长一段时间了。因为被丢在森林深处，附近也很阴暗潮湿，所以一直没被人发现。不过这副骨架与当地成年人相比有些小了。我又在附近找了一圈，找到了另一个头盖骨，但没有发现新的骨架。这个头盖骨上有一个弹孔，约两指宽。

我把两个头盖骨放在一起，仆人对此展开了想象，而且还挺浪漫：一位勇士在战场上砍下了对手的头颅，这也是萨摩亚战士的最高荣耀，可他本人也因此身负重伤。他并不想让自己人知道这件事，于是就爬到了这里，抱着自己砍下的那颗头颅安然离世。如果他们的猜想是真的，那么这个故事会不会是发生在十五年前塔拉沃乌和拉乌佩帕的那场争斗？

最后拉法埃内还是带人把这些尸骨埋了。

傍晚六点，我骑着马从后山上走下来，只见森林上空飘浮着一大片云彩，那形状很像一个长着甲虫一样的额头、鼻梁过长的男人的侧脸。粉红色的部分是他的脸颊，有些发青的灰色是他的帽子、眉毛和胡须。它像是一幅儿童画，配着最鲜艳的色彩，而且规模大得让人害怕，我看着它只觉得有些不知所措。看久了便觉得这个人的表情有所改变，它闭了一只眼，绷紧了下巴。而他的肩膀忽然向前耸了耸，脸便消失了。

我又开始观察别的云彩，它们如顶天的柱子，立在水平线上，离天不过三十米，是那样的庞大、壮观，让人下意识地屏息敛气。而云下便是像冰河一样的阴翳，顺着它向上看去，云彩的颜色从幽蓝变成了乳白。黑夜将至，夜幕将天空染成了厚重的青色，天地相接的地方则是蓝得发紫的光、影。落日的余晖洒在山岗上，可云顶上还是一片白光，那光如宝石般灿烂，又很温柔。而它的高度已经超过了人们的想象。身居凡世之中，抬头看去，只觉得一片纯净肃穆，让人惊叹。

一轮上弦月从云彩后爬了上来。在西边的月钩上，有一颗亮光能与月华争辉的星星。前方的森林越来越黑，鸟儿们开始了它们的合唱。

八点时的光景又有不同，月亮更加明媚，而那颗闪亮的星，则游走到了月亮之下，但光华不减。

七月某日

《戴维·巴尔弗》的创作渐入佳境。

丘拉索号停在了港口，我约了杰布逊舰长吃饭。

外界都在说应该把R·L·S驱逐出岛，英国领事也向唐宁街发出了相关请示。我现在已经影响到岛内的稳定了吗？谁能想到我居然也成为了一号政治人物。

八月某日

昨天玛塔法又向我发出了邀请，我便去了马里艾一趟，亨利（西梅内）是我这一次的随行翻译。在和玛塔法聊天的时候，他称呼我为阿非欧伽，这吓着了亨利。因为之前大家都叫我斯斯伽，大概就是阁下之意吧；而阿菲欧伽则是专属于王室中人的称谓。我昨晚也是在玛塔法家过夜的。

用过早餐后，我参观了他们的大灌奠式。就是把卡瓦酒倒入代表着王位的古老石头中。就算是在这里，大家也快忘记了这个楔形文字式的仪式。战士们都有六英尺五英寸高，头上戴的头盔的装饰物是用老人的白发、白须做成的，随风而动；脖子上带着一串兽牙项链；肌肉发达，一身古铜色的肌肤，身姿挺拔，实在是让人望而生畏。

九月某日

我参加了由阿皮亚市的妇女会所举办的舞会，跟我一起去的还有芬妮、洛伊德、贝尔和赖德·哈格德的弟弟哈格德。舞会进行到一半后，切达尔克兰茨出来了。自从数月之前他从我家离开后，这是我第一次看见他。略微休息后，我和他还有两位可敬的太太一组跳那又滑稽又让人害怕的四对舞。用哈格德的话来说，这就是好马奔腾时的纵情一跃。我们这两个政敌，各自被一位身形庞大的太太抱着，然后牵手、踢腿、旋转起舞。不管是他这位大法官，还是我这位著名作家，都失去了以往的威严。

七天之前，这位裁判所长还在到处收集对我不利的证据，甚至还诱骗混血翻译官。而我今早还在写寄给《泰晤士报》的第七封针对他的公开信，用词极为激烈。

而眼下，我们相视一笑，全身心投入这好马奔腾之中。

九月某日

我写完了《戴维·巴尔弗》，但自己也病倒了。医生来看过我之后，作出的诊断和之前一样，我只能耐着性子又听了一遍他说这里的热带气候不适合我这种温带人生活之类的话。但我根本不相信这番言论。在这一年的时间里，我忍受着各种政治琐事完成了超量的工作，就算是在挪威，我的身体只怕也难以坚持。但无论如何，这已经是我身体的极限了。不过，我还是很满意自己写的《戴维·巴尔弗》。

我昨天下午让少年阿利库去城里跑腿，他半夜才回来，眼睛上虽然缠着绷带，但炯炯有神。他跟我说他与玛拉伊塔部落的少年们交手了，而且还把对方的几个人打伤了。而今天清晨，他变成了我们家的英雄。

他用一根弦做了一把胡琴，然后弹起了胜利之歌，并且翩翩起舞。处于兴奋之中的他可真好看。这个少年之前刚离开新黑布里蒂斯来到我们家时，因为很喜欢家里的食物，所以胡吃海塞，最终差点儿撑破肚皮。

十月某日

早上起来我的胃更疼了，一口气服了十五滴鸦片药剂。这几天我不打算再工作了，我的思想也一片空白。

以前的我好像一个鲜衣怒马的少年郎。因为那时的朋友们很喜欢我的性格，喜欢我在聊天时释放出的活力，而不是我写出来的东西。可没有人能一直是帕克，或者爱丽儿。我现在最讨厌的就是《致年轻人》的文体和想法。其实在耶尔经历过不停地咳血后，我已经看透了人生，对任何事都没有期待了，犹如一具行尸走肉。

我带着悲观的色彩看待每一件事，比如我会抱着随时都有可能被海水淹没的想法去海边。不过这并不代表我已经自暴自弃了，而且就算是在死亡前的最后一秒，我也还是会让自己活得潇洒自在。那种绝望到极限的感觉已经成为一种喜悦，它让我有了清醒的认知，给予了我勇气和乐趣，就像是信念那样陪着我走下去。我既不需要灵感，也不需要快乐，靠着责任感和蚂蚁般的意志便能好好地活下去，一路高歌。

街头巷尾间，
我身着红衣、敲响战鼓。
踏上征途，
头上的丝巾随风而动。
我在寻找新的勇士，
我敲着战鼓与朋友约定。
生之希望、死之勇气。

九

他在十五岁之后便将写作当作人生的首要任务，不知道从什么时候开始，他坚信自己就是为了写作而生。十五岁之后，他的脑海中只有成为作家这一个想法了，甚至不能接受自己去从事别的行业。

从那时起，他只要出门，就会在包里放一个笔记本，方便记录下自己在路上的所见、所闻、所想，以此训练自己写作的能力。翻看那个笔记本还能找到他在读书时记录的“精准表达”的词句。

除此之外，他还会学习各大文豪的写作风格。每读完一篇文章，他都会提炼出文章主题，用托马斯·布朗、罗斯金、哈兹立特等风格完全不同的作家的文体对其再进行创作。在年少时，他一直坚持这种训练；成年后，虽然他还没有写出自己的小说，但对于自己的表达技巧很自信。

出生于工程师世家的他，在文学创作路上还有着一份身为技术家的自豪。

他天生就知道“现实中的自己并非想象中的模样”，也明白“头脑或许会有失误，但身上流淌着的血液不会。虽然有时选择的道路看起来并不正确，可最终只有血液选择的路才是最合适且最适合的”，更坚信“我们身上有一个未知物，它有更高程度的智慧”。因此他在面对自己的人生时，坚持一条路走到底，那是智慧程度更高的未知物指引他做出的选择。他只需要拼尽全力去走好这条路，其余的都不用在意。

无论是面对父母的失望，还是世人的嘲弄，他都坚持走自己的路，从年少时到撒手人寰之际，他从未动摇。在写作的道路上，世人对他的评价是“让人恶心的花花公子”“精致的利己主义者”“狂妄自大的人”“贪图美色之辈”“幼稚鬼”“言而无信的人”等等，但他对待写作还是像信徒信奉宗教那样虔诚，毫不懈怠。于他而言，写作已经成为他身体的一部分，一天不写他便活不下去。虽然在这二十年间他饱受肉体折磨，但无论是胃痛、神经痛，还是肺结核，都没有改变过他的这个习惯。哪怕是在肺炎、脓漏眼、坐骨神经痛一起发作的时候，他也要带着绷带仰卧在床上讲述《火药党员》的情节，让妻子执笔记录。

他经常徘徊在鬼门关前。几乎每次剧烈咳嗽都会咳出血。对于死亡的认知，这位心智还未完全成熟的青年和得道高僧的想法大同小异。他已经为自己写好了墓志铭：“就在那广阔无垠的星空之下，为我挖一个坑，然后让我长眠于此吧。我活得潇洒，死得痛快。”然后把它放在包里，随身携带。他不怕自己的死亡，但很怕朋友的离开。因为他早就为自己的死亡做好了心理准备，也可以说他是在和死亡赌博、竞赛。

他在赌，赌自己在被死亡抓住之前能写下怎么样的锦绣文章。于是他争分夺秒地创作，就像是即将出发的旅客。其实，他用文字为大家编织的美梦也确实流传下来了，如《巴伦特雷的少年》《欧拉拉》，还有《任性的珍妮特》。

很多人对这些作品的评价都是："写得还算不错，有其独特之处，但终归没有深度。史蒂文森也不过是一个通俗作家。"而支持他的人则会说："天才史蒂文森在他的守护天使的指引下，走上了作家的道路，他明白自己时日无多，因此才会放弃那些研究人性的近代小说。而且无论是谁，几乎都不可能在四十岁前写出巨作。他的经历决定了他的写作方向，用最巧妙的叙述方法和故事结构，写出最有吸引力的传奇小说。如此一来，哪怕他英年早逝，也能为后世留下一些佳作。正如一年之中大部分时间都处于寒冬季节的北方植物，也会在短暂的夏季盛放。这是大自然的安排。"

或许一些人会有这样的疑问："法国和俄罗斯也有很多与史蒂文森同年离世甚至是更早离世的短篇小说家，他们也写出了意义深刻的作品。"

"但是这些人并没有体会过史蒂文森一直被病痛折磨、被死亡威胁的经历。"

史蒂文森认为小说是经过修饰的诗，他更喜欢的是故事情节所催生的场景效果。他一直有意无意地自称为浪漫主义作家，想要将自己的生命变成其笔下作品中最厉害的罗曼史，其实，在某种意义上，他也成功了。如此一来，身为主人公的他，就必须让自己像小说人物那样时刻处于浪漫戏剧的氛围中，将生活变成诗。他最擅长描写的就是氛围感，因此他绝不允许自己真实生活中的氛围感比不上作品中的氛围感。这也是为什么他会做出一些让人反感的举动。

为什么一定要突发奇想，牵着一头驴漫步在法国南部的山中呢？出身于世家，为什么领带松松垮垮？为什么要戴着系有红丝巾的旧帽子，将自己打扮成流浪汉呢？为什么要洋洋得意地高谈女性论，发表那些“人偶虽美但其中满是锯末”的言论惹人厌恶呢？爱丁堡上流社会都很反感二十几岁的史蒂文森，觉得他虚伪、做作，就是个无赖，经常对他进行批评。

一直生活在严厉的宗教氛围中的世家公子突然之间羞耻于自己的纯洁之身，经常在夜深人静时溜出家门去红灯区放浪形骸。不过，模仿卡萨诺瓦和维庸的轻薄的史蒂文森知道，要走这条路只能用自己的病体和短暂的人生来赌，这也是唯一的方法。哪怕身处于喧嚣尘世中，他也能看见自己所走的路正在发光发亮，就像雅各在沙漠中梦见的那座可以通往星空的天梯。

十

一八九二年

十一月某日

今天是邮船日，洛伊德和贝尔昨天便出发去了市区。他们刚走，伊欧普的脚就疼了起来、芬妮的身上起了黄斑、法阿乌玛肩膀水肿。需要说明一下，法阿乌玛回到了她丈夫身边，似乎一切都没有发生过。她的病也许是丹毒引起的，普通人的疗法根本没用。吃过晚饭后，我骑着马打算去找医生。月色朦胧，森林中没有一丝风，山对面倒有雷声响起。穿梭在森林之中，我又看到了那些散发着点点白光的菌类。和医生确定了出诊时间后，我们边喝啤酒边讨论德国文学，直到晚上九点。

我昨天就在为新的小说拟定大纲。我觉得故事背景应该设定在一八一二年，地点则是爱丁堡和赫米斯顿。不过还没有想好题目，是叫《赫米斯顿的韦尔》，还是叫《黑森林地带》呢？

十二月某日

我们完成了扩建。

我终于收到年度决算报告书了，应该有四千英镑，与今年的支出基本持平。

晚上响起了炮火声，应该是英国军舰到了。大家都在说，我这几天会被羁押出境。卡斯尔社想收录《法雷萨的海滩》和《瓶中精灵》，然后为这个合集取名为《海岛夜话》进行出版。不过这两部小说风格截然不同，真的能强行合为一册吗？倒不如把《放浪女》与《怪声岛》也收进去。

可是芬妮不愿意把《放浪女》放进去。

一八九三年

一月某日

我最近一直在发低烧，肠胃也很虚弱。

按理说《戴维·巴尔弗》的校样应该已经出了一半了，但至今我都还没有收到，太奇怪了。

最近的天气也不好，很寒冷，经常起雾，还一直下雨。

我本以为家里的积蓄是可以支付扩建费的，但在付钱的时候发现钱不够了。家里的花销怎么会这么大呢？我们的生活并不算太奢侈，洛伊德也一直在尽力操持这个家。可每次我们刚补完东墙，西墙就会倒。偶尔有哪个月比较太平的话，那么一定会遇上英国军舰开进来，我们就得帮那些官员准备宴会。

或许有人会觉得是因为我们雇用了太多人。可实际上我们真正雇用的人并不多，但他们总是拖家带口过来，所以到最后我也不确定究竟有多少人了，想来人数应该在一百左右吧。但这也没办法，毕竟我是族长又是瓦伊利马部落的酋长，不该在这些小事上斤斤计较。

其实，无论家里有多少当地人，他们的伙食费都是固定的。一些愚昧的人，见我们家的女仆比较漂亮，便将瓦伊利马与苏丹的后宫相提并论，从而论证我们需要大笔支出。这种言论一听就是恶意诋毁，哪怕是玩笑话，也实在太过分了。因为苏丹骨瘦如柴，似乎随时都有可能咽气，哪有这些精力呀。那些嚼舌根的人一会儿说我是伦·阿尔·拉什德，一会儿又说我是堂吉诃德，估计现在又在说我是卡利古拉或者圣保罗了。

除此之外，也有人说这是因为我在举办生日会的时候，请了一百多位宾客。但我根本不记得自己请了这么多人。很多人或许是临时过来的，但无论他们是冲着我还是冲着我家的食物来的，应当都没有恶意，我自然是不能把他们拒之门外。还有一个说法是我在宴会上请了当地人，导致预算不足。这真的是无稽之谈。我在做预算的时候就记录了全部费用，而且多算了一些。实际上，在这里，我哪怕是想奢侈也没有可奢侈的地方。

但不管怎么样，我靠着写作赚来的四千英镑目前无法支撑家里开销。这让我想起瓦尔特·司各特忽然破产，妻子也离开了他，于是垂垂老矣的作家只能像写作机器那样写稿子赚钱，偿还债务。对他而言，此生唯一能休息的地方，就是坟墓了。

外面还有很多与战争相关的流言，但都语焉不详，完全是波利尼西亚式的纷争。以为自己点了火，但就是烧不起来；以为火要灭了，但烟雾不绝。这次有可能就是图图伊拉西边的几位酋长产生了一些摩擦，应该无伤大雅。

一月某日

最近流感盛行，家里的人基本都染上了。我要严重些，会咳血。

亨利工作一直很认真。萨摩亚人之中，哪怕是身份最卑微的人，都不愿意去接触秽物，可身为小酋长的亨利永远都负责倒马桶。因此，现在大家的感冒都慢慢好了起来，只有亨利倒下了，而且高烧不退。近来我都开玩笑叫他戴维。

虽然躺在病榻上，但我还是在准备新作品，贝尔成为了我的记录员。小说的主人公叫安努·德·桑特·伊维，是一名法国贵族，小说的内容就是他在英国被抓捕之后的经历，而小说标题就以主人公名字的英文发音命名，叫作《森特·阿伊维斯》。

因为这里没有图书馆，去书店的话又会浪费太多时间，所以我请科尔文和巴克斯特给我寄了一些法国一八一零年前后的资料、介绍苏格兰风俗习惯和监狱情况的书籍，还有罗兰德松的《文章法则》，写《森特·阿伊维斯》和《赫米斯顿的韦尔》做参考。虽然这里有诸多不便，但好在不会有记者来打扰。

大家都在说裁判所长和政务长官打算辞职，可阿皮亚政府还在执行他们制定的无理政策。他们想要增加税收，所以打算增加兵力攻打玛塔法。无论他们最终是否能取得成功，都会加剧岛民的不安情绪和对白人的排斥，岛上的经济情况只会越来越差。

政治实在是让人心烦。我有时也在想，就算在政治上取得成就，也只会使得人格沦陷，再无其他结果……不过这并不意味着我不再关注岛上的政局。因为我一直在生病咳血，能花在写作上的时间也就少了些。在这个基础上，我还要浪费时间去关心那些政治问题，实在是让我厌恶、烦躁。可我无法对玛塔法的可怜视若无睹。

我只能在精神上表示对他的支持，不能采取实际行动。可是，就算我真的掌握了政治大权，又能怎么样呢？让玛塔法坐上王位？就算如此，萨摩亚就能永享太平吗？

你们自己相信吗？你们这些作家真的是太可悲了。或者说你早就料到萨摩亚会走向灭亡，只是太同情玛塔法了？这真是最经典的白人式怜悯。

科尔文给我写了封信，他说我写给他的每封信中总是多次提及“褐色人和黑人”的事，让他不免有些担心，怕我会被巧克力和黑咖啡拖住，耽误写作的时间。我理解他的心情，可他和我的其他英国朋友似乎都不了解，我把巧克力和咖啡当成我的同族兄弟啊。

在这四年里，我们各有各的生活，而且再也没见过面，我们之间产生的分歧或许不只是在这一件事上呢？我这样想着，难免觉得害怕。时间总会将原本亲近的人变得疏远。没有见面时，大家彼此惦念；但真的见了面，也许都会觉得自己的所思所想和对方都不太一样了。这让人害怕，但也是无可避免的事实。

人无时无刻不在改变，当真是个怪物！

二月某日

悉尼

为了能让自己放松一下，我计划用五个星期旅行，打算从奥克兰玩到悉尼。可是与我一起出来的伊莎贝尔牙疼、芬妮又感冒了，我自己不知道怎么得了肋膜炎。即使如此，我还是分别在悉尼的艺术俱乐部和长老教会总部进行了演讲。演讲上有人拍了照，街上也有我的海报，我在散步时，经常能听到人们在背后小声讨论我。

名声是个奇怪的玩意儿，我从来都看不上，但我什么时候变成了这种有名声的人呢？太好笑了。萨摩亚人觉得我是居于豪宅的白人酋长；阿皮阿白人将我当作政敌，或者把我当作盟友。但无论如何，他们的态度与现在的这些人相比都正常多了。这片温带地区的土地已经褪色，风景也没有生命力，根本比不上瓦伊利马的森林，更比不上我的家！

我见到了隐居于此的新西兰之父乔治·格内。我向来是不喜欢政治家的，但我觉得他是真正以博爱之心对待毛利族的人，所以一直想要拜访他。等真的见到本尊后，更觉得此人气度不凡。

他对于当地人很了解，对他们那些细腻的生活情感也了如指掌。他一直都在为毛利人着想，这样的殖民地总督十分少见。他支持让毛利人享受和英国人一样的政治权利，可以参政议政。但白人移民极力阻止，于是他便挂印而去。不过正是因为有了他的努力，新西兰才有了现在这番模样，成为最理想的殖民地。

我把自己在萨摩亚的所作所为和想法告诉了他，同时也向他倾诉，我在为当地人谋取政治自由时的无助。可为了能让当地人过上好日子，我绝对不会放弃。他很理解我，而且还鼓励我说："无论什么时候都不要绝望。这世上很少有人可以领悟到，绝望是最没有用的东西，但我是其中之一。"他的话又让我看到了希望。

经历过黑暗却依旧保持心中光明的人理应受到世人的尊敬。

我随手摘了一片叶子，它的颜色枯淡，毫无生机，和萨摩亚那些快要溢出油脂、充满了活力的叶子完全不一样。只要治好了肋膜炎，我就会立刻返回那座充满活力、生机盎然的小岛。身处于这文明都市之中，我只觉得呼吸都变得困难。四处都是噪音，让人不得安宁；金属碰撞所发出的机械声更是让人烦躁。

四月某日

开始旅行后，我和芬妮的病情有所好转。

今天早上的天气很不错，天空明媚清澈。四周很安静，偶尔能听到一些动静，那是远处的太平洋发出来的。

在我们旅行和生病的时间里，岛上的政治局势很紧张。政府一次又一次的挑衅玛塔法和反对者。听说当地人的武器都被政府收缴。这样一来，政府的军用物资便已经备齐，不再像一年前那样了。这一次，玛塔法处于劣势。

我见过了各酋长、官员，但我没想到他们之中竟没有一个人仔细思考过怎样才能避免双方交战。白人官员只想着通过战争增强其支配权；当地人则是一听到战争便兴奋不已，尤其是年轻一代。玛塔法倒是很平静，他可能还没发现自己已经不占据优势了。无论是他还是他的手下，都觉得战争是自然现象，与人的想法无关。

我本想调和拉乌佩帕和玛塔法的关系，但前者不同意。他们两人见面时表现得亲密无间，分开之后便是现在这个模样。不过，显而易见的是，这并非拉乌佩帕的真实想法。

我真的只能祈祷波利尼西亚式的犹豫不决能阻止战争的发生吗？除此之外我就什么都做不了了吗？权力真的很重要，但前提是要理性使用。

洛伊德一直在帮我完成《退潮》的创作。

五月某日

这三周以来，我一直在口述《退潮》，终于写完了二十四页。然而我还得推翻，重写一遍。想到司各特那惊人的写作速度，不免觉得有些烦躁。曾经，我很喜欢重新阅读一遍前一天写的东西，但这对于作品而言很是无趣。

据说玛塔法派了代表去和政府沟通，这些代表每天都在阿皮亚和马里艾两城之间奔波。我知道每天都要走十四公里，实在是折腾人，因此就让他们住在我这儿了。但此举也让所有人都觉得我站在了反叛方这边。岛外寄给我的书信，裁判所长都要仔细检查一番。

入夜之后，我读了《基督教之起源》，作者是赫南，内容十分有趣。

五月某日

今天是邮船日，我勉强寄出了十五页《退潮》。我已经不想写这本书了，我对这本书很不满意。因为从文章的角度来看，我用了太多词语做修饰，但我更想试试直白的写法。所以接下来我是写《赫米斯顿的韦尔》还是《史蒂文森家族史》呢？

收税官又来催我们交房税了。我去了趟邮局，拿到了六册《海岛之夜娱乐记》。书中的插画让我很惊讶，画这些画的人应该没有亲眼看过南太平洋。

六月某日

最近烟抽得有些多，消化也不太好，一直在工作但又没有收到报酬，只觉得自己就要撑不下去了。我已经写了一百零一页《退潮》，可还是没能确定人物的性格。而且，近来我还要为文章的事费神，真是举步维艰。

写一个简单的句子都要用半个小时，写了各种相似句，但还是不能让自己满意。这种无用功实在太折腾了，浪费时间。

从早上开始，天气就不好，又刮风又下雨，四处都是飞沫，非常冷。我站在阳台上，只觉得被一种莫名的情绪包围，整个人一片茫然。思索许久才得到了答案，这是因为我突然明白苏格兰式的氛围、精神和肉体与平日里的萨摩亚不一样。严冬让我回到了以前的状态。虹鳟鱼活动的小河、建在高地上的屋子、潮湿的外套、泥炭的烟、烈酒威士忌……恍惚间就连瓦伊特林卡的水声，都成了高原上湍急的河流声。

突然间，一个疑问涌上心头，我背井离乡来到这里就是为了在这里思念家乡吗？奇怪，我为什么会想这些呢？其实再过一段时间，不管是我、我的孩子们，还是英国、英语都会被人遗忘。可是人总想让别人记住自己的身影，哪怕是一秒钟也好，聊以慰藉……

我之所以会有这种颓废的感觉，全是因为被《退潮》和超负荷的工作折磨。

六月某日

《退潮》的写作遭遇瓶颈，我打算先停笔；《史蒂文森加族史》已经写完了祖父的生平。

《退潮》大概是我写得最烂的一本书了吧。

我目前很讨厌小说这一写作形式。

医生来看过我之后要求我必须休息一阵子，他说：“先不要写东西了，去户外稍做运动，放松一下。”

十一

他从来都不会听医生的话。他觉得医生做的无非是暂时止疼罢了。医生可以找到患者的病因，也就是与正常人的不同之处，但完全不知道病因和患者的精神思想有什么关系、是否重要等。

如果只听医生的三言两语便改变自己的人生轨迹，那便是无用的物质主义，只在乎自己的肉体。“无论如何，你只需要潜心创作，哪怕医生不确定你还能活一年或者是一个月也无所谓。全身心地工作吧，一周后再来看看自己的劳动成果。真正有意义的劳动并非只在你已经完成了的事情之中。”

不过只要工作量重一点，他就会咳血、昏迷。对此，他自己也无可奈何。他可以把医嘱当作耳旁风，但还是改变不了身体的报复。不过，于他而言，这些病痛只是有些影响他的写作，除此之外倒也没有什么大的影响。哪怕是咳血，他也能给自己一些R·L·S式的满足。如果这种疾病会让他脸部浮肿，变得丑陋不堪，那他一定会很反感。

在年轻的时候就领会到了人生苦短，找到了最适合自己将来要走的路。生性风流的他暂时停下笔，不再费心创作，而是做一些简单的工作，将毕生所学运用到鉴赏之中，倒也快哉！这也得益于他有一个有钱的父亲。其实他坚信如果踏上鉴赏之路，自己也会成为顶尖的鉴赏家。

不过他最后还是被命运一样的东西带离了这条快乐之路。 这并不是他自己的东西 ，它存在于他的体内；而他就像在秋千上的孩子，只能保持同一个姿势面对它。他感觉自己身上就像是被充满了电，让他可以不知疲倦地写作，早就忘记了这会加速消耗他的生命。就算好好保养自己的身体，还能活多久呢？就算活上百八十年，如果不能做自己喜欢的事，那又有什么用呢？

他就这样又活了二十年，医生曾经断言他活不过四十岁，而现在他已经多活了整整三年。

他时常会想起比他大三岁的表哥珀卜。在他二十岁的时候，珀卜可以算得上是他的精神导师。珀卜学富五车、才华横溢、品味高雅，是人人称赞的天才。可他直到现在也毫无建树。他住在巴黎，和以前一样上知天文，下知地理，但他什么都不做，只是一个风流才子罢了。归根究底并非因为他毫无名气，而是因为他的思想一直停滞不前。但他在二十年前让史蒂文森摆脱了浅薄的趣味主义，这一点还是值得肯定的。

史蒂文森在写作时最先构思的都是一幕幕场景，这或许是受到了他儿时最爱玩的“一张白色纸，两张变彩色”的影响，这是个纸剧场玩具，买回家后就能组装出《三根指头的杰克》《阿拉丁》等故事场景，自己就能演出游戏。他最先想到的会是某个场景，然后根据这个场景构想出相关的人物和事件，会有许多纸剧场的场景随之出现。他只需要按照一定的顺序将这些内容写在纸上，写成的文章便是外界那些文学批评家所说的浅薄、没有特色的R·L·S式的小说。在写作时他根本不会考虑为了解释某个哲学、塑造某种性格而设计情境的创作方法。

对史蒂文森而言，他在马路边无意中看见的某个场景，或许就是在告诉他一个别人都不知道的故事。那些陌生的故事或许起源于一个表情，也有可能是来自一张脸。就像《仲夏夜之梦》中所说，作家和诗人理应让那些无名无背景的故事鲜活地出现在人们面前，而史蒂文森无疑是个天生的作家。

他在年幼时便能根据某个场景构思出相关的故事情节了，这几乎成了他的一种本能，就像是吃饭那样自然。他以前去科林顿拜访外公的时候便能为沿途的河水、森林、水车编故事，将威利斯小说里的所有角色如安德鲁·费尔萨维斯、罗布·罗伊、盖·玛纳林等安排在其中。直到现在他还保留着自己的这个癖好。

换而言之，这位享有盛名的作家R·L·S式的创作灵感来源只是些幼稚的幻想。那些情节跌宕起伏，就像万花筒那样多姿多彩，而史蒂文森最大的快乐就是将这些情节原样写下，虽然这很考验写作技巧，但他对此还是很有自信的。

他只知道这一个方法，因此也无所谓好与坏。“无论他人如何评判，我都只会按照自己的方法写故事。人这一生本就如白驹过隙般短暂，我何苦要为难自己去迎合他人，写一些看似深刻却乏味无聊的东西呢？我写小说只是因为我想写而已，哪怕最终只有我一个人阅读也无所谓。这就是我的一意孤行。”

其实，他每完成一部作品都会立刻将自己的角色从作者切换到读者，而且还是一位热心读者。他站在一个新读者的角度将作品当成是一个全新的故事来阅读，然后享受着阅读的乐趣。只有这本《退潮》，他实在读不下去。难道真的江郎才尽了吗？还是他对自己在病痛的折磨下写出的作品已经不再自信。

他大口呼吸着，俨然靠着惯性在写作。

十二

一八九三年

六月二十四日

战争一触即发。

厨师坚称他昨晚看见拉乌佩帕蒙着脸，骑马从我家门前跑过，也不知是有什么急事。

玛塔法则告诉我，他每天醒来总会看到身边堆满了白人的弹药箱，而他确定在睡觉前是没有这些东西的。他也不知道这些东西是从何而来。

酋长们的来往愈加密切，士兵的训练也越来越频繁。

六月二十七日

去城里收集了一些信息，有各种各样的说法。有人说昨天半夜鼓声大作，大家纷纷拿起武器赶往姆黎努，可到了之后才发现什么事也没有。目前阿皮亚的情况还算平静。我问了市里的参事官，可他们什么也没告诉我。

我又去了西边渡口，想再了解一下玛塔法这一方村庄的情况，便骑马奔向伊瓦姆斯。沿途两边的屋子里都有吵闹声，可没有人站岗。渡过一条河后向前走三百码，又要渡河。河对岸的丛林中有七个哨兵，他们拿的都是温切斯特枪。在我靠近他们之后，他们并没有跟我打招呼，而是停在原地一动不动，只是静静地看着我。我牵着马跟他们说了句“塔罗法”，他们的队长也回了我这句话。随后我又走到了前面的村庄中，里面全是士兵，而且都拿了枪。这里还有一栋洋房，是中国商人修建的，门口挂着一面中立旗。很多人站在阳台上打量着周围，其中既有女人也有拿枪的男人。除他们之外住在这里的其他外国人也都在拼命保护自己的财产。据说政务长官和裁判所长已经离开姆黎努，逃到了迪沃里饭店中。我在路上还遇到了一支民兵队伍，他们也配备了枪支弹药，精神很好。

伊瓦姆斯村广场上站着的都是拿着武器的男人；会议室中也是人头攒动，门口有个人在对外面的人进行演讲。大家的脸上写满了兴奋。我找到了一位认识的老酋长，他跟我们之前见面时完全不一样了，整个人神采奕奕，充满了活力。我们一起休息了一下，吸食了一些斯路易。正想离开的时候，有个男人走了进来，他脸上画着黑色的图案，腰后的围巾卷了起来，可以看见他臀部上的刺青。他在我们面前跳起了舞，舞步奇特，然后将一把小刀扔向半空，再完美地接住。这场表演充满了勃勃生机，也展现出了原始的野蛮和梦幻。我之前也曾看过年轻人这样表演，看来这应该是打仗的一种仪式。

回到家里，我一直记着他们那兴奋又期待的神情。我觉得自己的原始野性被唤醒了，现在就像种马一样兴奋。不过，我还保有理智，知道自己必须要做一个局外人。事情发展到现在已经无法挽回了。如果我不参与其中的话，也许还能帮助到这些可怜人，还能在矛盾爆发之后帮着他们收拾残局。

百无一用是书生啊！我强迫自己冷静下来，怀着一种纳税人的心情继续写作。但我还是会时不时地想起那些拿着温切斯特枪的战士们，战争真的充满了诱惑。

六月三十日

我和芬妮带着贝尔来到了城里，在国际俱乐部吃了午饭。用完餐后又往马里艾方向走去。这里倒是比前几天要平静。不但在马路上看不到人，就连马路两边的房子里也没什么人，更没有看见任何枪支弹药。当我们返回阿皮亚后，去了趟公安委员会。在吃过晚餐后又去参加了一场舞会，因此回家时已经疲惫不堪。我们在舞会上听到有人说，雷特努酋长认为这次矛盾是茨西塔拉挑起的，他和他的族人们肯定会有恶报。

在抵制战争的诱惑时，我们首先要守护好家园。

恐慌的种子在阿皮亚的白人之中发芽了。他们都在商讨战争爆发后去军舰上避难。现在在港口中停了两艘德国军舰；奥尔兰号最近也要开过来了。

七月四日

最近一段时间，阿皮亚城内陆续有政府军集结，士兵都是当地人。一艘又一艘的小艇开进了港口，上面坐着的都是古铜色皮肤的士兵。船头甲板上的男人们为了助兴都翻起了筋斗，船上的其他人纷纷呐喊助威，带着恐吓之意。鼓声纷杂，喇叭跑调。

阿皮亚市的红手绢都被抢空了。拉乌佩帕的马里埃特阿军都会把红手绢缠在头上。头缠红手绢的青年们在脸上涂了黑色的图案，穿梭在街头巷尾间。姑娘撑着欧式洋伞，战士穿着奇特，大家结伴而行，很是有趣。

七月八日

正式开战。

吃完晚餐后，有一位信使前来告诉我们伤者都被送去了教堂。我带着洛伊德与芬妮一起骑上马提着灯前往教堂。走到塔依伽马诺诺我们放下了灯，借着漫天星光前行。

无论是我还是阿皮亚的街道上，都处在兴奋的状态中。不同的是，其他人一脸茫然或愤慨，而我则是冷酷、忧郁。

一座长方形建筑被当成了临时医院。房子中间放了一个手术台，陪护人员正在照看伤者。各角落都躺有伤者，有十多个人。鼻梁上架着一副眼镜，身材娇小的护士拉玖今天显得格外可靠，让人觉得安心。德国军舰上的看护军也相继赶来。

医生迟迟未到，有一位伤者的体温越来越低。他是萨摩亚人，皮肤偏黑，长相偏阿拉伯人，相貌堂堂。他应该是肺部被刺穿，身边有七位亲人，都在抚摸他的手和脚。还有人去德国军舰请医生了。

我也有需要做的事情。克拉克牧师告诉我们之后还会送来更多伤者，只能把公会堂拿来做收容所。我前段时间加入了公安委员会，因此一直在城里跑来跑去，把还在睡觉的人叫起来参加紧急委员会，决定要不要开放公会堂。只有一个人不支持，但最后还是被大家说服了。同时也商定了之后的支出花费。

直到凌晨，我才回到医院。医生终于到了，送来的两个士兵病情严重，其中一个被打中腹部，一张脸扭曲狰狞到了极致。

之前肺部中枪的乌尔酋长就在墙边躺着，好像在等医生来救他。他的家人都在一旁陪着他，没有人说话。忽然响起了一阵哭声，只见一个女子扑在刚刚死去的士兵膝头放声痛哭，但也只哭了五秒钟，然后又沉默了。

等我们回到家，已经两点多了。经过这一天的奔波，我觉得玛塔法明显是弱势的一方。

七月九日

战争的走向已经基本定了下来。

拉乌佩帕的军队昨天自西边开始进攻，中午遇上了玛塔法的军队。最有意思的是两军初遇之际并没有兵戎相见，而是互相拥抱，一起喝酒唱歌。直到不小心走火发出的枪声打破了这份和平，拉开了战争的序幕。黄昏时分，玛塔法军退守到马里艾城外的石壁前。他们坚守一夜，于凌晨被攻破，只能从海上逃到萨瓦伊。

玛塔法在很长的一段时间里都是岛民们的精神支柱，所以当他失败后，我一时也无话可说。如果在一年前，他可以不费吹灰之力打败白人政府和拉乌佩帕。我认识的与玛塔法走得比较近的当地人，这次肯定无法幸免于难。我要怎么做才能帮到他们呢？今后又该何去何从？这气象观测者真是可恶！

吃完午餐之后，我又来到了城内的医院。只见肺部受伤的乌尔酋长居然还活着，而腹部受伤的那个人没能活下来。

他们将砍下的十一颗头颅送到了姆黎努。让当地人震惊不已的是，这里面居然有一颗少女的脑袋，而且这个少女还是萨瓦伊某个村庄的最漂亮的姑娘。萨摩亚人一向自诩为南太平洋骑士，他们根本无法容忍这种暴行。少女的头颅被送还到了马里艾，而且还是用最好的绢布包裹着，并且附上了一封言辞恳切的道歉信。姑娘应该是在帮他父亲运送弹药时身亡的，她剪了自己的头发给父亲做头盔上的装饰，她看起来像一个男孩子，所以才会被敌军误杀。不过，这是最美好的死亡了，唯有如此才配得上她的容颜。

雷奥佩佩是玛塔法的外甥，只有他的遗体是连头带身子被送回来的。拉乌佩帕在街上检阅，而且还发表了慰问下属的演讲。

我顺便又去了趟医院，看护兵和护士都离开了，只有伤患的家人还留在那里。他们正靠着木枕休息。我看见有两个少女一左一右地躺在受了伤的英俊少年身边；也看见有一个伤患孤苦无依地躺在角落里。与前者相比，后者的长相虽然并不出挑，但他看起来更坚毅。容貌上的一点差距，便能引起两个人的巨大差异。

七月十日

我今天实在是太累了，动都动不了。

据说姆黎努收到的头颅越来越多。要想阻止大家取人首级，实在是有些困难。在他们看来，只有这样做才能证明他们的勇敢，就像大卫在战胜歌利亚之后，也带走了他的脑袋一样。不过大家都因误砍了少女的头颅而羞愧难当。

关于玛塔法，外面有许多传言，有人说他安全地抵达了萨瓦伊，也有人说他在海上拒不上岸。我也不知道究竟哪种说法是真的。如果他真的到达了萨瓦伊，那么以后可能还会继续进行这种大规模的战斗。

七月十二日

外面的流言蜚语越来越多，但我还没有得到可靠消息。听说拉乌佩帕军打算进攻马诺诺。

七月十三日

有可靠消息传来，玛塔法被驱逐出萨瓦伊，重返马诺诺。

七月十七日

卡特巴号前几天停在了港口，我去见了他们的舰长比克福特。他说上级让他去镇压玛塔法，因此他会在明天清晨开船前往马诺诺。我拜托他尽量善待玛塔法。

可玛塔法会心甘情愿地放弃抵抗吗？他的手下真的会愿意放下武器吗？

我想送一封鼓励的信去马诺诺，但眼下也是不可能的。

十三

美国、英国、德国三个国家联手和玛塔法一较高低，局势基本已经定了。比克福特舰长以最快的速度来到了马诺诺岛，让玛塔法在三小时内投降。玛塔法依他所言照做了。紧随其后的拉乌佩帕军则在马诺诺岛纵火抢劫。

最后的结果是玛塔法不但失去了他的称号，而且被发配到亚尔特岛，他手下的十三位酋长也都被分配到了各个小岛；二十七个大、小酋长被关进姆黎努的监狱；叛乱的村庄被罚六千六百英镑。

史蒂文森也曾为此各方周旋，但也没能阻止这一结果。被发配的人不可以携带家属，也不能与外界互通书信，只能和牧师见面。史蒂文森本来想拜托天主教教徒帮他把写给玛塔法的信件和礼物带进去，但教徒们都没有答应他。

玛塔法被迫离开了他熟悉的地区和家人，去了北部的珊瑚岛，终日只能喝盐水。这对于享有高山和溪流的萨摩亚人来说实在是一种折磨。那么，玛塔法犯了什么罪呢？应当就是没有依照萨摩亚的习俗主动要求得到王位，而是一直在一旁等待吧。然后被有心人利用、设计，最终成为了他们所说的叛徒。而且，直到身陷囹圄之前，他都还在按时向阿皮亚政府交税；也接受了一些白人提出的不再取人首级的建议，并且命令部下照做。在史蒂文森看来，他是萨摩亚人和白人中最言而有信的人。

可史蒂文森还是没能救他于水火之中，虽然玛塔法一直都很相信他。无法再与史蒂文森互通书信的玛塔法，应该也会很失望吧，或许他也会觉得史蒂文森是一个说得比唱得还好听，但根本不做实事的白人吧，跟其他白人没有什么区别。

战死沙场的士兵们的女眷在他们身死之处设下了花宴。一些昆虫和蝴蝶飞了过来，停在这里，她们驱逐几次之后发现蝴蝶还会回来，觉得这是故人亡灵所化。于是，大家小心翼翼地抓住这些昆虫，然后把它们带回家里供奉。这种让人伤心的事时常发生。除此之外，民间还有很多流言，那些被关在监狱里的酋长每天都要经历严刑拷打。这些事情传到史蒂文森的耳朵里后，他便会陷入自责之中，觉得自己什么用都没有。于是他又拿起笔写了一封公开信，寄给了很久没有联系的《泰晤士报》。他每一天都在忍受着身体器官的衰败、写不出东西的痛苦和对这个世界、对自己的愤懑和不满。

十四

一八九三年

十一月某日

天上乌云密布，投在海面上的影子面积都不小，看来是要下雨了。即使现在是早上七点，也需要点一盏灯照明。

洛伊德拉肚子了，贝尔需要服用奎宁，我则是一直在咳血，好在不太严重。

这样的一个清晨，实在让人很不舒服。我被一股悲凉的感觉笼罩，内心的悲伤将我封锁在无边的黑暗之中。

人生不如意之事十有八九，可我还是坚信万物最终都是公平的。虽然我在睁眼之后觉得如坠深渊，但我不会改变自己的这一想法。人生的旅途远没有我们想得那样顺畅，我也知道自己犯下的错误，这一点我从不否认。在面对由于我的失误而导致的结果时，我怀着一颗庄严又谨慎的心，跪地叩首。就是那一句法语——每个人都要经营好自己的田地，这展现出了人类的智慧。我继续进行着我的创作，即使我已经没了兴趣。我再次翻看《赫米斯顿的韦尔》，却毫无头绪，《森特·阿伊维斯》也是如此。

我明白，现在是脑力工作者都会经历的转型阶段，所以并没有想过放弃。可我的创作确实进入了瓶颈期，我也没有信心写好《森特·阿伊维斯》。

我突发奇想，如果年轻的时候从事了别的行业，脚踏实地地过日子，那么这份事业也许就能支撑着我走过颓废期了。

我感觉我的灵感和技巧都已经离我而去。我花费了大量时间训练、模仿的文体也正在抛弃我。这些对于一个作家来说无疑是悲剧。我现在必须靠自己的意志力来唤醒潜意识中的平滑肌，让它继续工作。

《戴维·巴尔弗》更名为《卡特琳娜》，可销量完全比不上《触礁船打捞工人》，这实在是有些讽刺。不过，也不必因此而绝望，多些耐心等它再度发芽吧。比起身体完全康复，我觉得头脑恢复到以前的灵活程度很不现实。但从其他方面来看，文学多少是带着一丝病态的。就像爱默生说的那样，一个人有多少希望应该由他的智慧来决定。所以，我并不会绝望。

可我终究不能认可自己作为艺术家的价值。我始终认为自己就是一个传统的手艺人。现在我的技术大不如前，就像是一个毫无用处的废物。之所以会这样，是因为病痛的折磨和我二十年的呕心沥血，它们将我的所有价值都榨干了。

雨从森林另一边向这里逼近。雨滴突然打在屋檐上，发出巨响。闻到了泥土被打湿的味道，觉得自己仿佛在苏格兰高地。从窗户看出去，只见雨滴砸下来落在某个东西上，然后狠狠散开。风呼啸而至，带来一阵凉爽。不一会儿，这场雨便又继续向前移动，依稀间还能听到雨声。有一滴雨穿过日本窗帘，落到了我的脸上。屋檐上的雨划过窗前宛如一条涓涓细流。我只觉得无比痛快。它们似乎在响应我内心深处的一些东西。这些东西是什么呢？我也不知道。或许是与沼泽地的大雨有关的记忆？

我走到阳台上，静静地听雨落下来的声音。想说什么，却又说不出来。说说某件残酷的事，或者我没有经历过的事？这个世界无比荒唐……为什么是荒唐呢？倒也没有特别的缘由。只是由于我写不出东西，又听到了很多繁琐又无聊的事罢了。可最让人感到沉重的还是我必须坚持写作来赚钱。如果这个时候能找个地方让我安安心心地躺着，两年之内都不用再写作的话，就算这个地方是疯人院，我也愿意去。

十一月某日

由于我肠胃不舒服，因此我的生日宴会延期了一周，直到今天才开始举办。我们为宾客准备了一百磅猪肉、一百磅牛肉、十五头清蒸乳猪，还有无数水果、牛轧糖、葡萄酒。会场里充满了咖啡和柠檬水的香气。无论是楼上还是楼下，都铺满了鲜花。另外，我们还特地多准备了六十个马绳桩。这一次到场的嘉宾约有一百五十位。宴会在下午三点开始，傍晚七点结束。大家离开后，现场如海啸过境一般凌乱。大酋长塞乌玛努送了我一件生日礼物，那就是他的一个称号。

十一月某日

我去了阿皮亚城，在街上雇了一辆马车，与洛伊德、贝尔、芬妮坐车前往监狱。我们给那些被关在监狱里的玛塔法的下属带去了香烟和卡瓦酒。

我们和这些政治犯，以及刑务所长一同举杯畅饮，周围皆是镀金的铁栅栏。在喝酒前有一个酋长伸手将杯中的酒倒在地上，以祈祷的语气说道："这样的聚会很美好，希望神明也能赏光来参加。"可惜，我们这次带来的是被叫做斯皮特·阿瓦（一种卡瓦）的劣质酒。

最近一段时间，仆人们都有些懈怠。但是和普通的萨摩亚人相比，这倒也不算懒散。有个白人曾经这样说道："除了瓦伊利马的仆人外，萨摩亚人都不会跑步。"我听到之后很自豪。不过我还是让塔罗洛洛把我的指责翻译给他们听了，而且还决定扣掉最爱偷懒的人——年迈的迪阿一半工资。他只是害羞地笑了笑，又神色恭敬地点了点头。他们刚到这里的时候，如果我扣了谁的工资，那么这个人马上就会辞职不干。可现在他们对我就像是对酋长那样尊敬。迪阿是负责给仆人们做饭的萨摩亚厨师，他仪表堂堂，无论是容貌还是体型，都是标准的萨摩亚战士。可谁也不知道，他其实是一个油盐不进的骗子。

十二月某日

这时，正值酷暑，天上根本看不到云的影子。被监禁的酋长们邀请我下午去监狱参加宴会，下午的日头最毒，我还得骑马跑上四英里。

到了监狱后，他们把脖子上戴着的用红色种子串成的乌拉项链送给了我，而且还说："大家是唯一的朋友"。这应该是他们给我的回礼吧。宴会的举行地点是监狱，但大家的行动还比较自由。他们给我准备了堆积成山的塔罗芋头和鱼，还有五头猪、三十把扇子、十三张花席。我立刻表示这些东西太多了，我自己一个人拿不了。而他们坚持道："你必须得收下这些东西，还要带着它们经过拉乌佩帕的家门口。这个老国王肯定会羡慕死的。”他们还说拉乌佩帕一直都很想要我现在戴着的乌拉。原来他们打算戏弄戏弄拉乌佩帕。

我把这些礼物装在了车上，然后戴着乌拉，骑马从街上走过，挺像马戏团的。阿皮亚市民看见之后都发出了惊叹声。我特意经过了拉乌佩帕的门前，不过他真的会羡慕吗？

十二月某日

我终于把《退潮》写完了。这或许是一本非常拙劣的书。

前几天我翻阅了蒙恬的《随笔集》第二卷。我二十岁前便读过这本书，只是那时想的是学习它的写作文体。而这次重读后我才开始反思，以前我真的读懂它了吗？

在读过这种传世佳作之后，再看其他作品都觉得幼稚无趣，没有阅读的欲望了。我坚信小说是所有文学作品中最伟大的一类。上乘小说可以让读者身临其境，魂牵梦萦，甚至成为读者血液中的一部分；也唯有小说能如此。与之相比，别的书籍总是难以完美地融入读者的血肉。虽然在小说创作上遇到了瓶颈，但我依旧为自己选择了这条路而骄傲。

冯·匹尔扎哈既不得白人喜爱又得不到当地人的支持，而且在各类纠纷中都表现失职，因此他只能辞去政务长官一职。然而他依旧能拿到这一职位的俸禄。听说下一任政务长官的人选已经内定好了，是依依达。不过在他走马上任之前，这里的政务还是由德国、美国、英国三国领事处理。

阿阿纳那边的暴乱蠢蠢欲动。

十五

自从玛塔法被发配到亚尔特后，当地百姓一直在进行起义运动。

一八九三年年底，前任萨摩亚国王塔马塞塞之子带领特普阿族起义。小塔马塞塞放言说，要么就把所有白人和现任国王都赶出萨摩亚岛，要么把他们一举歼灭。可他在阿阿纳被国王的部下萨瓦伊部打败了。但对方只是让他们补齐了之前没有缴纳的税款、没收了他们五十支枪，然后让他们去修一条二十英里的路。这和之前玛塔法所受的惩罚相比，实在是微不足道。可能是由于塔马塞塞之前有德国人的支持，因此他的儿子也得到了一些德国人的帮助。

史蒂文森依旧向所有人提出了抗议。不过他倒不是主张重重地惩罚小塔玛塞塞，而是要求减轻对玛塔法的处罚。现在只要史蒂文森一提起玛塔法，大家都会忍不住笑出声。可他依旧严肃地向新闻媒体讲述萨摩亚的问题，从未放弃。

在这次的交战中，大家又开始疯狂地砍掉敌人的脑袋。反对这一做法的史蒂文森站出来表示应该对砍人头的人加以处罚。在此之前，刚上任的裁判所长依依达也下了禁令，不允许手下砍人头。因此史蒂文森的要求是合理合法的，可并没有得到采纳。他对此很愤怒，同时也不满于这些宗教家对乱砍人头的事不闻不问的做法。现在，茨玛桑伽族有所收敛，选择割敌人的耳朵，只有萨瓦伊族还坚持砍人头。之前玛塔法掌权的时候，他的手下从不砍人头。所以史蒂文森觉得只要坚持下去，就一定可以让大家戒掉这一恶习。

有了切达尔克兰茨的前车之鉴，新裁判所长开始努力地建立起政府在当地人和白人心中的公信力。不过这一年，经常有小规模的动乱发生，当地人内斗不断，白人也自然会受到威胁。

十六

一八九四年

二月某日

昨天晚上，我照旧去了离家较远的那间小屋工作。拉法埃内提着灯找了过来，给我看了芬妮的纸条。上面写道：森林中似乎有暴民聚集，快回来。我赶紧拿着手枪，连鞋都顾不上穿，赤脚和拉法埃内下山去了。路上遇到了正往这边走的芬妮，我们便一起回去了。这真是一个不眠夜！

塔依伽马诺诺那边的呐喊声和鼓声持续了一整个晚上。月亮迟迟不肯从云中出来，许久之后才露头照亮远方街道，那里正在上演着一场闹剧。森林中似乎真的藏着很多当地人，不过他们没有闹出什么动静，不过，这更让人害怕。在月亮露出影子前，照亮夜空的是停在港口的德国军舰上的探照灯。我躺在床上，但颈部的风湿病犯了，难以入眠。在我第九次入睡失败后，我听见仆人的房间里传出奇怪的声音。我只能一手拿枪，一手捂着脖子，悄悄来到了仆人的房间外。原来他们都没有睡，而是聚在一起拿骨牌玩斯唯匹。那个声音是密西弗罗输了之后的叫喊声。

早上八点，鼓声一直没有停，由民众组成的巡逻兵从森林左边过来了；通往瓦埃阿山右面的森林中也有士兵走了出来。他们会合之后便往我们这边来了。看起来应该不到五十人。我们准备了酒和饼干招待他们，他们吃饱喝足之后便往阿皮亚那边去了。

这样的威胁实在是幼稚。但我觉得领事们昨晚应该也没睡好。

前段时间我去城里遇到了一个陌生人，他给了我一封信，用蓝色信封装着。我打开看了，这是一封威胁信。里面说我一个白人不该和拉乌佩帕过多接触，更不应该接受他们的馈赠。莫非他们觉得我叛变了吗？

三月某日

《森特·阿伊维斯》还没写完，我拿到了半年前买的参考书。原来一八一四年的犯人穿的制服是这个样子，和现在不一样，而且他们每个星期都要刮两次胡子。看来我得重新写这本书了。

梅瑞狄斯给我寄了一封回信，而且用词都很正式。我深感荣幸，毕竟直到现在我最喜欢的作品之中都有《比钦的一生》。

我最近除了要给少年奥斯汀讲历史，周日还要去学校任教。我之所以会答应去学校，有一半原因是好奇心作祟。不过现在我也会适当用点心或者金钱来管理学生了，只是不知道还要做多久。查图·温都斯出版社那边也给我寄了一封信，表示在科尔文和巴克斯特的建议下，打算为我出一部作品全集。现在定下来有二十卷，限量版一千册，封面也是大红色，就像司各特所写的威弗利小说集那样；印刷的纸张也很特别，而且会带有我名字的大写字母。尚在人世的我真配得上如此奢侈的作品集吗？我虽然有些不安，但也不好弗了好友之意。不过在仔细看了目录后，我决定要删掉自己年轻气盛时所写的一些随笔，现在读来实在是太让我羞愧了。

我不确定自己的名声还能维持多久，我也不确定读者们是聪明人还是笨蛋？我不知道。他们在一众作品中甄选出了《阿涅伊斯》和《伊利亚特》，并广为流传。但这样，我就能说读者们是聪明人吗？其实我真的不太相信他们。不过，如果真的是这样的话，那么我又是为了谁在创作呢？是为了让他们看到我的作品吗？如果说只是为了他们之中的少部分聪明人而写作，那也太违心了。如果我的作品不能被大众所接受，那么即使有几个批评家对我大加褒扬，也不是一件幸事。我看不起他们，却又将他们当作自己的精神依靠。这像不像是一个宽容却无知的父亲和自己任性冲动的儿子呢？

罗伯特·巴昂兹、罗伯特·佛格森、罗伯特·路易斯·史蒂文森。佛格森对马上就要发生的事已有预感，巴昂兹将其实现，而我不过是拾人牙慧。

纵观苏格兰的这三位罗伯特，巴昂兹是最伟大的，而我和佛格森差不多。在年少时期，我曾经很喜欢他和维庸的诗歌。我们生在同一座城市，都拖着一副病体，而且都风评不佳，被人厌恶，一直和痛苦为伴。唯一的不同就是佛格森最终是在疯人院中与世长辞的。而才华远不及他的我苟活至今，甚至就要拥有一套自己的豪华作品集了。这一番对比实在是让人伤感。

五月某日

清晨，我胃疼不已，便服食了点鸦片。之后一直觉得口干舌燥，手脚也有些麻木。只觉得身体的器官开始错乱，最终陷入痴呆。

近来，阿皮亚的国家新闻周刊经常对我发起声讨，用词粗俗无礼。其实按理说，我现在已经没有站在政府的对立面了，而且我和新上任的长官舒米特、新来的裁判所长的关系也还不错。所以一定是那些领事示意报刊这样做的，毕竟我一直在揭露他们的越权之举。我之前也曾为此大动肝火，近来倒是以此为荣了。不过，今天的新闻报道实在是太无耻了。

“看呀，这就是我的地位。虽然我只是一个普通百姓，居住在森林中，但他们却将我视为眼中钉、肉中刺，并且百般刁难。而我的能力，他们居然每个星期都要强调我没有任何能力。”

抨击我的除了阿皮亚城，还有大洋彼岸。那些批评家的言论常常漂洋过海，传到这个偏远的小岛上，再传进我的耳朵里。这些人可太喜欢搬弄是非了！而我最无法忍受的是，无论是欣赏我的人，还是讨厌我的人，都没有真正地了解过我。真正懂我的只有小说家亨利·詹姆斯。

这些年我一直远离喧闹的人群，终于明白了，一个人无论有多优秀，只要待在特定的环境之中，便会逐渐被同化，然后产生集体偏见。我很喜欢这里的生活，有一个原因就是我可以站在局外、不带任何偏见地仔细观察欧洲文明。听说高斯也认为：“文学只存在于查林十字街方圆三英里内。萨摩亚是一个疗养胜地，但并不适合写作。”站在文学的角度来看，他说的是对的，可他的眼界实在太窄了。

我又把今天邮船送来的杂志看了一遍，尤其是上面的评论，我简单总结了一下，这些评判者基本上是站在两大立场：爱好过度写实的和喜欢心理或性格小说的。

我很不喜欢心理或性格小说这类作品，因为它们实在是太啰唆了。为什么一定要对性格和心理进行细致地描写呢？要想展示人物的心理或是性格，难道不应借助他外在行动来诠释吗？只要是有审美的作家，都会这样做吧。船吃水太浅就不会稳定，冰山也只会露出一小部分在水面上，最精密的仪器，外观也是极为朴素的。

另外我还了解到，现在的欧洲文坛都很追捧左拉先生的写实主义。他们觉得将眼前所见之物全部仔细地记录下来，便能还原最初的真实。这样肤浅的言论实在是太可笑了。文学是一种选择，作家的眼睛也要做出选择。这世上没有谁能完全还原现实。作品脱胎于现实之中，但绝非只是现实。

我对于“无情节小说”完全无法理解。莫非是因为我久不涉足文坛，已经和现在的年轻人脱节了吗？在我看来，无论是情节还是故事都是作品的骨架，看不起小说中的事件，便如小孩模仿大人模样，做作无比。如果把《鲁滨逊漂流记》与《克拉丽莎》做比较的话，肯定有很多人会说前者只是用来打发时间的故事书，后者才是真正的艺术品。诚然，这种说法是正确的，对此，我也表示赞同。但说出这些话的人有几个是真的仔细阅读过一次《克拉丽莎》呢？又有几个人把《鲁滨逊漂流记》读过五遍以上呢？

这个问题十分复杂。不过可以确定的是，叙述诗一定同时包含趣味性和真实性。比如莫扎特的音乐。

提到《鲁滨逊漂流记》，我便想到了自己写的《金银岛》。我们先不谈它是否有价值。最让我想不明白的是，为什么没有人愿意相信我是倾注了所有心血来写这本书的呢？我在创作它时所费的心思和之后写《绑架》《巴伦特雷的少爷》时费的心思一样。最好笑的是在创作《金银岛》的时候，我已经忘了这本小说的受众是青少年。可哪怕是到了今天，我也还是很喜欢这本青少年读物，它是我写长篇小说的起点。大家都觉得我不是孩子了；不能从我身上看到孩子气的人，又无法意识到我也是个大人。

谈到这里，我又想起了一件事，与英法两国的小说有关，前者的小说十分拙劣，比如《雾都孤儿》，满是孩子气；后者的小说则十分巧妙，代表作就是《包法利夫人》。可我有时也会想，写孩子故事的狄更斯也许比写大人故事的福楼拜更成熟。这种想法实在是太危险了。从这一角度上所定义的成年人到最后会不会不再写作？莎士比亚长大之后就成为威廉姆·彼特；威廉姆卿长大之后则泯然众人。

大家一直在争吵，用不同的语言来介绍同一件事，或者用相同的语言称呼不同的事。而只要跳出文明的圈子，就能发现这件事的本质，为此而争吵实在是太滑稽了。认识论和心理学还没有染指这个偏远的海岛，生活在这里的茨西塔拉认为，浪漫主义和现实主义其实只是写作技巧和表达方式不同而已——能吸引读者沉迷于故事之中的是浪漫主义；能让读者相信这个故事的是现实主义。

七月某日

折腾了我一个月的病毒性感冒终于快好了，最近几天我都在港口的丘拉索号上。今天一早便带着洛伊德来了阿皮亚，在政务长官的邀请下去他家吃了早饭。然后便登上了丘拉索号。午饭也是在这里吃的。晚上去参加了冯克博士在家里举办的啤酒宴。我打算今晚住在酒店里，便让洛伊德先回家了，随后和博士一直聊到了深夜。回去的时候我遇到了一件有趣的事情，因此想把它记下来。

在喝了啤酒之后喝葡萄酒似乎更容易醉。我离开博士家的时候，已经是醉酒的状态了。在向饭店走去的前几十步里，我还在提醒自己："你喝醉了，要多注意啊。"可我的意识还是越来越模糊，最终什么都不记得了。

当我清醒过来时，我正躺在有些发霉的地上，暖风拂面，带着一丝泥土的腥味。我缓缓抬眼，意识逐渐恢复，脑海中出现了一个想法，而且它就像滚雪球一样越来越大，然后撞在巨石之上，砰地一下炸开了，我觉得自己正躺在爱丁堡的街上。事后回忆时我也不知道自己为什么会这样想。当时我脑海中又闪过一个念头："我不在爱丁堡，而是在阿皮亚。"还没过多久，我的意识又开始模糊了。

恍惚间，我好像看到了一个奇怪的场景。我正在路上散步，突然腹中剧痛，赶紧跑进了路边的一座大型建筑中，想去找洗手间。负责清扫院子的看门人是个老人，他呵斥道："你要干什么？"

"我是来找洗手间的。"

"哦，那你随便吧。"老人虽然这么说，但还是满腹狐疑地打量了我一下，随后才继续清扫庭院。

"这人可真烦，什么叫随便呀？"

……

这确实是我曾经经历过的一幕，但已经过去很久了，发生的地点也不是爱丁堡，而是加利福尼亚的某个城市。

我突然醒了过来。发现自己正四仰八叉地躺在地上，面前便是黑色的城墙。入夜之后的阿皮亚都是这样的黑色。这道墙在不远处断掉了，断口处流淌着昏黄的灯光。我摇摇晃晃地站了起来，顺手捡起了掉在地上的帽子，然后扶着围墙往亮处走去。墙上有一股霉臭味，或许就是这个味道唤醒了我之前的记忆。走到断口处，我看向对面，只见远方有一盏小小的路灯。那边的街道比较宽，马路一旁立着长长的围墙；围墙后面则是茂密的树叶，风吹过时发出沙沙的声响。不知道为什么，我觉得沿着这条路向前走一段，然后左转弯，便能回到爱丁堡的黑利欧特大街，那里有我年少时期的家。我又忘了自己正身处阿皮亚，只觉得还在家乡的小路上。

我向着灯光走去，突然之间彻底清醒。是呀，这里是阿皮亚，我应该去的是酒店。这下我借着昏暗的灯光，看清了路上的白色尘埃和自己鞋上的污垢，恢复了意识。

可能是我大脑皮层的某处出了问题。我觉得自己会躺在地上并不仅仅是因为多喝了几杯。

其实把这样的一件事详细地记录在册，也不太像是正常人的行为。

八月某日

医生让我这段时间都不要再写东西了，可我根本做不到。不过，近来我每天早上都会去地里走走，一走便是两三个小时。感觉还不错。如果种可可树每天能有十英镑的收入，那我也不想动笔了。

田里已经丰收了，有包菜、醋栗、菠萝、橘子、豌豆、芦笋、西红柿、青菜等等。

虽然我觉得《森特•阿伊维斯》的内容还行，但是写作的过程不太顺利。

我现在正在看欧姆的印度史，这本书写得不错，使用的是十八世纪的写作方式——写实、完全不抒情。

几天前，停在港口的军舰突然收到指令，要它们全部出动去攻打阿特阿的暴徒。前天上午我还被雷特努那边的炮声吓了一大跳，今天依稀也能听到炮响。

八月某日

瓦伊内内农场办了一场野外马赛。我最近的身体状况不错，所以也报名参加了。策马奔腾十四英里，真是让人身心舒畅。在这里大家释放着野性，我只觉得自己重返十七岁，又感受到了以前的快乐。我骑着马在草原上奔驰，暗自想到："活着就是在感受欲望，就是享受事物给予你的诱惑，就像是青春期看见美女那样。"

不过这样的纵情也是要付出代价的——晚上我的身体更是疲惫不堪，酸痛不已。距离我上一次这样享受生活已经过去很久了，这让我的心情跌入谷底。

以前我对自己的所作所为皆不后悔，只是遗憾有些事还没有去做。想到被自己放弃的职业、因为胆小而错过的探险、从来没有接触过的经验等等，我便会觉得很急躁，我是如此的贪心啊。不过，现在我对于这些事物的欲望越来越淡。夜深回房后，我又开始咳嗽，而且越咳越厉害，关节也是一阵一阵地痛。他们都在提醒我，或许今后再也享受不到像今天这样纯粹的快乐了。

我的生命会不会太长了？之前我也曾想过自杀。那时候我刚和芬妮远渡重洋，到达了加利福尼亚，和父母、朋友都不再联系，手头拮据，我的身体状况也很差。我们只能住在旧金山的贫民窟里，当我在床上呻吟时，经常会想一了百了。可是当时我还没有写出让自己满意的代表作，所以我不能就这样结束自己的生命，不然真的对不起那些一直支持我、陪伴我的好友。那时候我最先想到的并非父母而是他们。所以我咬牙挺了过来，熬过了那一段忍饥挨饿的日子，创作了《沙汀上的孤阁》。

那现在呢？我是不是已经做完了所有的事情？先不管我写出来的作品是不是能成为我生命的纪念碑，这时候已经把能写的都写了，我为什么还要苟延残喘，忍受着咳嗽、咯血、关节痛和无尽的疲倦呢？这些疾病让我无法再自由自在的行动，我的生命中就只有文学了。写作就是我的唯一，无所谓痛苦或欢喜。我就像是一只蚕，一直在用文字结故事之茧，没有快乐也没有厌恶。当我这只缠绵病榻的蚕结完了所有的茧后，我还有活下去的必要吗？

“有的。”友人如是说道，“要破茧成蝶，飞翔在蓝天之下。”这个答案太精彩了。可依我目前的精神、身体状况来看，我还有化蝶的力气和信念吗？

十七

一八九四年

九月某日

昨天的三餐是塔洛洛负责的，他说：“我爸爸明天会和其他酋长一起上门拜访，找您商量要事。”他父亲名叫颇埃，之前因为支持玛塔法入狱，曾经也邀请过我们去参加监狱酒会。这些被关押的酋长在上个月月底出狱了。之前颇埃在牢里的时候我就时常关照他；他病倒了我还特地请了医生去看他　，并且为他办理了病假手续。之后他入狱的保释金也是我交的。

颇埃和另外八位酋长在今早如约而至。他们先去了吸烟室，根据萨摩亚的习俗蹲在地上围成一个圈。然后让代表发言："我们入狱后，茨西塔拉对我们展现了不一样的怜悯之心。如今我们终于出狱了，大家想感谢你之前的深情厚谊。之前出狱的酋长几乎都去帮政府修路了，这也是他们出狱的代价。这倒给了我们一些启示，我们想给你也修条路，以此表示我们的感谢。你一定要接受我们的心意。"他们这一次来是想在我家和公路间修一条小路。

只要对当地人有所了解，便不会对此较真。说真的，估计修路修到最后我还得自己掏钱买工具，负责他们的伙食，给他们相应的酬劳。也许他们会拒绝，但最终，我还是会以慰问老弱病残为由把钱给他们。但是听到他们这么说，我还是很感动。

不过这一次，他们诉了我所有的计划后便各自返回部落，将能干的人全部召集了起来。一些人开船去往阿皮亚市，给沿海工作的人送食物。瓦伊利马解决工具问题，却分毫不取……他们这一次的行动力实在是惊人，堪称是岛上的第一次。

我发自内心地向他们道谢。我和他们的代表并非故交，但他就坐在我对面。在最初发言时他的举止都很矜持，可提及茨西塔拉是他们在牢中仅有的朋友时，我看见了他的脸上出现了热烈的情感，很纯粹。这绝非是我的意淫，白人一直不知道应该如何让波利尼西亚人卸掉他们的伪装，这也是我第一次看见他们流露真情。

九月某日

今天天气不错，大家很早就来了。酋长们找到的都是身强体壮的淳朴少年。大家都到齐后，他们便开始修建新道路了。老颇埃神采奕奕，似乎都因此而年轻了好几岁。他一直在和身边的人说笑，四处晃荡，似乎是在跟年轻人炫耀他是瓦伊利马家族的朋友。

我并不在乎他们的这份热情是否能坚持到修好路，因为他们愿意主动去计划，而且将其付诸行动，这一系列行为在萨摩亚就已经是破天荒头一回，我已经很满足了。要知道萨摩亚人最讨厌的事情就是修路，各地发生暴乱的原因首先是税收，其次便是修路。无论是用金钱诱惑他们，还是用刑罚逼迫他们，都很难让他们参与到修路之中。

就修路这件事，让我感觉自己在萨摩亚还是取得了一些成就的，因此有些得意，当然更多的还是像孩子那样的开心。

十八

十月，路基本上就修好了。在这个经常发生部落矛盾的地方，当地人此前可是从未有过这样的行动效率，更没有这么勤快过。

为了庆祝修路工作圆满结束，史蒂文森打算办一场宴会。他给包括白人在内的岛上的所有人都发了请柬。让他没想到的是很多白人以及和他关系较为密切的当地人，回复他不会来参加宴会。史蒂文森只是想单纯办一场宴会和大家分享自己的喜悦。但这些人却觉得他是想借机拉拢叛军，抵制新政府。与他关系比较亲近的几个人也表示不会来参加宴会，但又不说明缘由。最后来参加宴会的基本都是当地人，数量也很多。

宴会上，史蒂文森准备了一场感谢演讲，全程都是说的萨摩亚语。他在几天前便用英语写好了演讲稿，然后拜托牧师帮他翻译成了萨摩亚语。

他先是向八位酋长表示了真诚的感谢，然后把这件事的经过告诉了大家。他说最开始的时候自己并没打算答应这件事，他知道萨摩亚正处于食不果腹的阶段，而且这些酋长的部落经历了很长一段群龙无首的混乱时期，也急需整治。可他最后还是答应了，因为他也明白完成这一次施工所得到的收获比千棵面包树还有用，他自己也很开心能拥有大家对他的好意。

“各位酋长，每次看到大家辛勤劳作时的身影，我都会觉得无比温暖。除了感谢外，还看到了一个希望，看到了大家会为萨摩亚的美好未来而努力奋斗的希望。我想告诉你们的是，外敌入侵的岁月已经过去了，大家想守护萨摩亚，只有一个方法，那便是开荒修路，种植林木，经营果园，总而言之就是充分开发国内的资源并且加以利用。如果你们不这样做的话，那么其他种族的人便会去做。

“大家在面对这些资源的时候都做过什么呢？是在图图伊拉、乌波卢，还是在萨瓦伊做的？你们只是任由猪猡糟蹋这些资源，让他们肆无忌惮地放火烧房、砍伐树木。你们没有去播种却想着丰收。而你们现在所拥有的良田沃土、阳光降雨都是上苍特意给你们准备的。我再说一次，如果大家不对这些资源加以开发利用的话，那么外族人将会把这些资源全部抢走。到那时你们、你们的家人、后代都会被驱赶到地狱，再难翻身。我会这么说，并不是想恐吓大家，而是因为亲眼见到了很多这样的事情。”

接下来史蒂文森将自己在苏格兰高地、夏威夷和爱尔兰所见到的当地人的悲惨经历告诉了大家。以此来鼓励大家要努力奋斗，避免这样的悲剧再度上演。

“我真的很喜欢萨摩亚，也喜欢这里的人。这里将会是我安度余生的地方，也会是我的埋骨之地。所以我今天给大家的警告绝非是一时兴起。

“现在大家正面临着一大危机，究竟是坐以待毙，沦为阶下囚，还是奋起反抗，成为后世子孙的典范，全由各位决定。根据规定，裁判所长和土地委员会的任期马上就要结束了。那时，你们将重新得到土地的所有权。狡猾的白人自然也会打土地的主意。你们的村庄将迎来拿着土地测量仪的人，各位马上就要接受考验了，是真金还是破铜烂铁，一试便知。

“萨摩亚人一定要解决这个危机。那究竟要怎么做？不是一把火烧掉屋子，也不是在脸上涂黑色颜料，更不是斩杀猪猡，取得他们的首级；而是种果树、修公路、提高经济收入。后者才是真正的英雄和战士。各位酋长啊，你们给茨西塔拉修了路，他很感谢你们。如果所有岛民都能以你们为榜样，致力于修路建农场、开发资源、加强下一代的教育该有多好。你们这么做不是为了茨西塔拉，而是为了你们的族人、亲人、子子孙孙。”

这场演讲名为感谢，实则是为当地人敲响警钟。与史蒂文森预想有所不同的是，很多人都明白了他说的道理。他也因此深感欣慰。这一天他如返老还童般和这些褐色皮肤的朋友一起唱歌跳舞。

刚修建好的道路边有一个路标，上面写着的是萨摩亚语。

感谢之路，

我们在监狱中受刑时，是茨西塔拉给予了我们温暖。

为了感谢他，我们给他修了这条路。

这条我们亲自修建的路，
不会泥泞，也不会坍塌。

十九

一八九四年

十月某日

白人每次听到我提及玛塔法，都会做出一副像是听到大家在议论去年上映的戏剧的奇怪表情，甚至还有人会张口大笑，那是不屑的笑容。可无论如何，玛塔法都不应该是这些人的笑柄。可是靠着一个文人四处奔波，也起不到什么用。毕竟，很多人都觉得小说家说的是故事而非事实。想要改变现状，必须依靠真正的掌权者。

因此，我给英国下院的 J. F. 侯冈写了封信，虽然我们没有见过面，可他之前质疑过萨摩亚的问题。这是我从报纸上了解到的，从他提出的质疑来看，他也是了解内情的，想来此人应该也很关注这件事。我在信中三番五次强调玛塔法所受的刑罚过于重了，尤其是和前段时间同样叛上作乱的小塔马塞塞对比，实在是有失公允。玛塔法本身并无罪行，根本是被人栽赃陷害至此，这样一个人居然被发配孤岛；而真正扬言要杀死岛上所有白人的小塔马塞塞竟然只是被没收了五十支枪，这太可笑了。现在唯一可以见到玛塔法的只有天主教的牧师，我甚至不能给他写封信。他的独生女近期不顾禁令跑去了亚尔特，要是被发现了，一定会被遣送回来的。

我想救玛塔法，还要依靠万里之外的英国舆论相助，荒唐至极。

如果玛塔法真的能回来，我想他一定会出家做个和尚。他之前接受过这方面的教育，也有这样的品格。就算不能回萨摩亚岛，我也希望他能留在这附近。我祈祷能再见到他，让他品尝到家乡的饮料和美食，但这太难了。

十月某日

《森特·阿伊维斯》马上就要完成了，但我忽然想继续写《赫米斯顿的韦尔》，于是便把它翻了出来。这本书我从前年就开始写了，中间又断断续续写过几次。我有种预感，今年应该能写完这本书。

十月某日

我活得越久越能体会到孩子般的无助，对此我始终无法适应。无论我年岁几何，都能自然而然地和这个世界亲近，人们听到的和看到的、繁殖方式和成长过程，人前的高贵典雅和人后的卑鄙无耻都是最鲜明的对比。年纪越大，我越觉得自己愚笨、冲动。

儿时经常有人跟我说，等我长大了就能明白。这就是彻头彻尾的欺骗。长大之后我想不通的事只会越来越多。可从另一个角度来说，正是如此，才让我一直保持着对生命的好奇。

在人世间，很多老人都给人一种“我活了好几辈子，还有什么值得我学习的呢？”的感觉。可仔细想想，他们之中有谁活过第二次呢？不管这个人活了多久，他都是第一次经历之后的岁月啊。虽然我现在的年纪谈不上老，但从我仅剩下的时间来看，我也不是个年轻人了。所以我看不起这些自以为看透了生死的老人，更鄙视那些没有了好奇色彩的眼神，特别是张口闭口就说现在的年轻人是怎么样的人。他们不过就是比年轻人早个几十年来到地球上，却一定要强迫别人听从他们的建议。根本就是——他们的傲慢让他们无法再收获好奇所带来的东西。

我很庆幸自己的好奇心，并没有被病痛消磨殆尽。

十一月某日

我独自顶着午后的烈日，漫步在阿皮亚城里。街道上隐约升起了白色的热浪，光彩夺目。一眼望去，路上一个人也没有。街道右边有一片绵延到北边的甘蔗田，看上去就像一片绿色的海洋。甘蔗田的尽头是广阔的太平洋，海天相接的地方被水蒸气晕染，形成了朦胧的乳白色。街道左边隔了一片峡谷，那是羊齿族的领地。在那美丽的绿光流转之处的上方，是塔法山山峰吗？我看见一道紫色的棱线从雾中穿出，觉得有些眼花。四周很安静，听得到甘蔗叶子的摩擦声。

我看着脚下的影子向前走去，一段时间后发生了一件奇事。我反问自己：名字不过是一个代号，你到底是谁呢？是走在白色路上形单影只、身形单薄的人？还是来无名去如风的无名之辈？

这一瞬间，我就像是舞台上的演员，灵魂离开了我的身体，坐在了观众席上，与我隔台相望。灵魂问这副身躯："你是谁？"而且一直盯着它。思及至此，我不由打了个寒战，觉得头晕目眩，差点就要倒地。于是赶紧强撑着就近找了户人家休息了一下。

我之前并没有过这样的经历。年幼时我曾被"自我意识"难住，一直想找出答案。它现在又发作了。

难道是我的大限将至？可与前段时间相比，我的身体有所好转了呀。虽然我情绪起伏很大，但我的精神恢复得不错。我看着那些景色和鲜艳的色彩，似乎又感受到了初见南太平洋时的兴奋。要知道，无论是谁，只要在这里住上几年，都会慢慢失去这个感受的。所以应该不是生命走到了极限。近期我确实经常兴奋到晕倒。每每遇到这种情况，我都会回忆起很多以前的事情，那些本来已经褪色的画似乎又被涂上了鲜艳的色彩。这种记忆太鲜活了，甚至会让人有些畏惧。

十一月某日

最近，我的精神状态一直在忧郁和亢奋中变换。有时候一天会改变好几次。

昨天突然下起了暴雨，黄昏时分才停。我骑马慢行于山丘上，突然想起了一些事情。而眼前的岩石、山谷、森林和远方的大海，以及雨后的夕阳形成了最鲜亮的色彩。远处的窗户、屋顶、树木都像是铜版画的轮廓，清晰可见。除了视觉外，其他感官也变得十分敏感，我感受到某些东西在我灵魂中激荡。哪怕是再复杂的伦理结构，再细腻的心理色彩，我都看得清清楚楚。我好像感觉到了幸福。

昨天晚上，《赫米斯顿的韦尔》取得了很大的进展。

不过，我今天早上就感觉到了不适。我感觉到胃就像是被千斤顶着，心情也很沉重。我伏在案前，本来打算接着昨天的内容继续往下写，可才写了几页，就遇到了阻碍，我只好放笔沉思。突然之间，我好像看见了一个悲惨男人的一生，一切就像走马灯一样，在我眼前掠过。

那个人有肺病，而且情况比较严重，但是他生性要强，十分自恋，惹人反感；喜欢装腔作势，爱慕虚荣；肚子里没有多少墨水，却要摆出艺术家的派头。在现实的逼迫下，他只能拖着一副病体写了许多没有内涵、空有其表的作品。生活中，他做事总是像小孩子一样矫揉造作，大家经常嘲笑他；而他在家里也被大她几岁的妻子欺压。最后他死在了南太平洋的某个地方，此前他还深深地怀念着北方的家乡。

我在电光火石间看完了这个男人的一生，惊出了一身冷汗。我只觉得心脏被狠狠揉捏了一下，无力地瘫坐在椅子上。

没过多久，我便缓了过来。由于身体不太舒服，所以才会胡思乱想。

这突如其来的一个念头成为我对自己人生评价中的阴影。

神指挥着交响乐的演奏

我会是那根跑调的弦吗？

到晚上八点，我完全恢复了。又把《赫米斯顿的韦尔》最精彩的部分读了一遍。写得不错。远不止不错！

今早一定是我哪根筋没搭对。我是一个浅薄的作家吗？我真的不懂哲学，没有思想深度吗？无所谓了，就让那些人去评判吧。写作也是一种技术，那些仅用几个概念就否定我的人只要看过我写的东西一定会被吸引的。虽然我在写作的时候也会觉得无比厌烦，时常问自己写它究竟有什么意义？但是在第二天重读这些文字的时候，我也会被它吸引，我就是自己最忠实的读者。我应该相信自己的描写能力，就像是裁缝相信自己的剪裁技术那样。放心吧，R·L·S！你写的文章中绝不会有乏味至极的东西！

十一月某日

我在一本杂志上看到一条评论——艺术的本质是自我告白。虽然他不像卢梭那样，但也有某种形式。这些评论包罗万象，有些人借此炫耀爱人、吹嘘孩子；也有人把自己昨晚做的梦写了进去。写这些东西的人或许觉得很有趣，但在其他人眼中，这些事情当真乏味无趣。

追记

这是我躺在床上冥思苦想出的结论，但还是要对其中一点作出修正。我突然意识到，写作不能做到自我告白也是一种能力的不足。但我无法确定这是不是作家的不足，其实有人会觉得这个问题很简单吧。换而言之，我是肯定写不出《大卫·科波菲尔》。因为我无法做到像这位平凡又伟大的作家一样相信自己曾经的经历。哪怕我觉得自己的经历比这位单纯开朗的作家的经历更深刻些，我还是无法对它产生自信。其实对现在也是如此。R·L·S，振作一点！

我完全可以以年少时期的宗教气氛为写作题材，我也确实这样做了。如果我想的话，我还能写我的年轻气盛、和父亲的矛盾，并且是以一种能让所有批判家都喜笑颜开的深刻写法来写。我还可以写自己的婚姻，即使看着逐渐衰老、已经不再属于女人行列的妻子写作是一件折磨人的事。我可以写在决定迎娶芬妮之后，自己心里对其他女人是什么样的想法，又跟别的女人说了些什么话。我相信一些批评家很乐意看到我写这方面的东西，而且还会称其为传世佳作，意义深刻。可惜，我是不可能写的，因为我对那时候的经历毫无自信。

我也猜到有人会说，这是因为我只有凡夫俗子的伦理观，完全没有达到艺术家的高度。了解他们想看的是复杂的人性，想知道别人是怎么想、怎么做的。可我终究是无法完全理解的。我更偏爱简单直接的风格， 比如《哈姆雷特》和《堂吉诃德》放在一起，我会选后者，而《堂吉诃德》与《达达尼昂》放在一起，我还是会选择后者。可以说我的伦理观太过平凡、庸俗，但我就是不能说服自己去接受。我当时为什么会选择这样做呢？我也找不到答案。或许以前我还会说神才负责辩解，可现在我只会光着身子、举起手说我不知道。

我到底有没有喜欢过芬妮？这个问题太可怕了，我没有答案。我只知道最终我还是娶了她，而且一起生活到了现在。但到底什么是爱？我懂爱吗？我提出这个问题不是为了找到定义，而是想试试能不能从自己的经历之中找到答案。所有的读者朋友啊，你们能想象吗？已过不惑之年的罗伯特•路易斯•史蒂文森，在很多小说中都写过爱情的罗伯特•路易斯•史蒂文森，居然不明白何谓爱。不过这也不奇怪。如果可以集合古今中外的所有大作家，如莎士比亚、拉多雷、莫里埃、斯威夫特、司各特、弥尔顿，问他们何谓爱，并且要求他们在自己的经历之中找出答案的话，只怕他们给出的答案也会让你大吃一惊，甚至有些幼稚。

作者的真实生活和作品之间是有差距的。作品源于生活，却高于生活。如果说我的作品是经过高温熬煮而成的高汤，那么我就是高汤滤掉的残渣。如今我才发现，我这辈子好像只想过写小说。我一度觉得把唯一的目标和现实的生活结合在一起是很美好的。我并不是说写作不能磨炼人格，它是可以的。我们要考虑的是，难道就没有比写小说更能完善人格的途径了吗？在其他世界里，比如说缠绵病榻的人失去了行动。那这只是一种推托的说法，就算是这辈子都躺在病床上，也是可以磨炼人格的，只是这一类病人最后会过于偏激。

或许是我一直都只关注写小说这条路，所以我是在仔细思考了寻求自我完整，生活中失去了焦点会有怎样的危险后才会说这些话的。突然想到了魏玛共和国的宰相，我曾经很讨厌他。估计以后也不会对他产生好感，直到现在我也没看过他的书。他倒不是自己作品的残渣，他会说作品是他的残渣。但我眼下的情况是我享有的作家声望远胜于我人格的完整性，实在是很危险。

说到这里，我突然有些不安。如果我的想法再极端一些，那么我以前的作品都不能要了。这实在是太让人失望了。在我的生活中，居然还有比写作更重要的事。

想到这里，我感到一种奇特的不安。如果把现在的想法彻底化，我以前的作品是不是应该全部废弃呢？这是令人绝望的不安。与至今为止我生活中的唯一的主宰“写作”相比，竟然会出现更有权威的东西。

可从另一个角度来看，我已经习惯享受运用词语、描述最爱的故事情节的快乐了，它们已经融入我的骨血，绝对不会抛弃我。写作应该是我生命中最重要的事情，我也不觉得有什么弊端。可……没事的，我不用害怕。我是一个勇敢的人，我能直面自己的变化。蚕要想破茧而出，就必须先将外面的茧咬破。

十一月某日

今天又是邮船日，我收到了作品全集的第一卷。印刷、装订都让我很满意。

我看完了所有的杂志和书信，感觉在某些问题上我和欧美人的想法越来越不一样。要么就是我变得俗气了，要么就是他们的眼界太窄了。

我之前还嘲笑过学习法律的人，虽然我自己也有一本律师执照。这是因为我觉得法律的权威性是有限的，就算你把它研究透彻，它也不会拥有普适性。这也同样适用于如今的文学圈。无论是德国文学、法国文学，还是英国文学，其实都只是欧美或者说是白种人的文学。他们规定好了范围，然后将自己喜欢的东西奉为法则，也不管它是不是适用于其他地区，然后觉得自己高高在上。没有接触过白人世界的人，大概是不明白这一点的。

西欧文明不仅对文学定了标准，也对生活、人种制定了要求，然后盲目地认为这些东西适用于全世界。那些只知道用固定模式去评价他人的人根本不了解太平洋土著人的性格优势和一些优良习俗。

十一月某日

仔细观察那些游走于南太平洋各岛的白人商贩，或许能发现除了唯利是图的人之外，还有另外两种人。其一是没有攒钱回乡养老的想法，只是因为喜欢这里的风景气候，所以愿意在这里做生意，不想离开的人；其二也是喜欢这里的人，不过他们的方式更加极端——批判社会。他们的肉体还活着，但是在思想上已经将自己埋葬在这里了，整个人像是一具行尸走肉。

我在酒馆里遇到了后者。那个男人应该四十岁左右，在我旁边的桌子上喝酒。他盘着腿，膝盖晃来晃去，穿得也很寒酸。几杯酒下肚，眼神浑浊、双脸泛红，嘴唇更是红得厉害。让人有些不舒服。

我跟他聊了五十多分钟，知道他是英国顶尖大学的毕业生，一口英语说得很是流利标准。他并不认识我，自称是卖杂货的，从通伽过来，接下来打算去特克拉乌斯。我们从白人将恶性病带到了各个岛上开始聊起，他说自己无妻无子无家，也没有希望和健康。我问他为什么要过这种日子？他说道："也没有为什么，这又不是在写小说。而且我觉得自己的生活很普通，你为什么要说它是'这种日子'呢？"他笑着咳了几声。

他真的太像是行尸走肉了。躺在床上，耳边依旧飘荡着他用那种克制守礼却无可救药的语气说："每个人都各有各的活法。"

在安定下来前，我也坐船去过很多岛屿，遇到过各种各样的人。

坞尔科萨斯没有什么原住居民，也很少看见白人。但在后海岸边有一座小屋，那是一个美国人自己搭建的。那里只有海、椰子树、天空和那个人。他随身带着一本莎士比亚、一本彭斯，这便是他的伴侣，而这就是他将来的墓地。他本来是一位船工，年轻时看到了一本和南太平洋相关的书，便爱上了这里，于是背井离乡来到了这个岛上，打算在此安度余生。我在海岸边休息时，他还给我写了一首诗。

我在太平洋的复活节岛上遇到了一个苏格兰人。这座岛是最具神秘色彩的，岛上全是已经灭族的先人们留下来的巨石像。他在这里做了一阵搬运工后，便又开始在岛屿之间游走。一天清晨，他正在船上刮胡子，只听到船长在背后大喊道："你在干嘛？你的耳朵都被自己剃掉了！"他这才发现他在不知不觉间剃掉了自己的耳朵。于是他立刻决定去癞病岛的莫洛卡伊定居，然后就再也没有离开过这里。当我来到这座被诅咒了的小岛上时，他开心地跟我分享着曾经的冒险经历。

阿佩玛玛的掌权人比诺库如今还好吗？他不爱王冠，但喜欢戴着头盔，身着短裙，绑着欧洲式的绑腿。这位算得上是南太平洋古斯塔夫・阿道夫的人最喜欢新鲜事物了。他在赤道上修了一间仓库，里面堆满了各式各样的暖炉。在他眼里白人只有三类——对我略有欺瞒之人、欺骗了我很多的人、一直在欺骗我的人。在我要离开时，豪爽如他，竟然也眼含热泪地唱起离别的歌，可能是因为我从来都没有骗过他吧。对了，他也是那座岛上仅有的一位吟游诗人。

夏威夷的卡拉卡瓦王过得还好吗？他天资聪颖，却多愁善感。他是唯一一个能和我聊麦科斯・缪勒的太平洋人。曾经的他希望波利尼西亚可以联合统一，而今夏威夷国力式微，他可能已经大彻大悟，现在正在看赫伯特・斯宾塞呢。

夜已经深了，但我还是睡不着。我听着远方的海浪声，听着季风吹来的声音，回忆着之前遇到的所有人。

人的本质或许就是造梦吧。但就算如此，这些梦想是那样的精彩、美丽，又是那样的可笑、悲哀。

十一月某日

我写完了《赫米斯顿的韦尔》第八章。

我觉得这本书的写作越来越顺利了。我已经看到了写作对象，在写作时找到了一种沉稳的感觉。

我曾经以惊人的速度写完了《绑架》和《化身博士》，可在写作的时候我并没有多少自信。我确实预料过它们或许会成为佳作，但我还是担心这只是我的一厢情愿。但是我觉得手里拿着的笔并不是只有我的手来操控。可这一次完全不同，我不但写得很快、很顺利，而且也清清楚楚地感觉到故事中的所有人物都由我掌控。虽然我还没有写完整本书，但是我可以很理智地判断这本书的好坏，它再差也会超过《卡特琳娜》。就像岛上的一句俗语："看尾巴就知道这是鲣鱼还是鲨鱼了"

十二月一日

我在深夜来到了山岗上。

雨下了一整夜，现在终于要停了，不过风还是很大。我顺着脚下的土地看去，看见浮云掠过大海向西飘去；看见从厚重的云层之中露出了一丝破晓的白光，洒在田野和海面上。这时的天和地都是黑白的，就像北欧的冬季一样冰冷。

一股强风吹来，很湿润。我紧紧握着大王椰子的树干才没有被吹倒。心头突然涌上了似是期待，又似是害怕的感觉。

昨天晚上我也在阳台上站了很久。狂风挟骤雨呼啸而至，吹打着我的身体。今天早上也是如此！我很想狠狠地撞向一个残暴、充满野性、像暴风雨一样的东西，以此来冲破一直禁锢着我的牢笼。这是何等的酣畅淋漓呀！我能抵抗住自然界四大元素的攻击，能傲然立在山、云、水之间！一时间我觉得自己像是一个英雄。我大声呼喊着纷至沓来的诗句："时光如梭！我羸弱不堪、头晕目眩、走向死亡！"声音飘在风中被粉碎，又被它带向远方。海面上、山峰间、田野里渐渐亮了起来。

肯定会发生一些事情，替我扫去生活中的杂物、残渣。我整颗心都在欢呼。

我在这里站了整整一个小时。

天光破晓之际，这个世界的表情都变了。阳光照亮了世界，让人们看到了它本来的颜色。我虽然看不见，但我知道太阳从东边巨石之后缓缓升起来了。这真的是一场精彩无比的魔术表演。它瞬间给原本灰蒙蒙的世界涂上了紫色、青色、橘色、绿色，红色、粉色等等，它用最明亮的色彩勾勒出了最美的草地、山崖、岩石、森林、天空，还有建在椰子树下的村庄、像可可外壳的山岭。当真壮观至极！巨石东边的天空变得五颜六色。

看着这瞬间的变化，我明确地感知到自己此时已经挣脱了黑暗。

我昂首挺胸地踏上了回家的路。

二十

十二月三日，清晨时分，史蒂文森像平常那样，讲了三个小时的《赫米斯顿的韦尔》，并让伊莎贝尔记录。到了下午，他还写了几封信。

黄昏时分，他来了厨房和在准备晚饭的妻子说笑，帮她拌沙拉。然后他又去地下室拿了一瓶葡萄酒，回到了妻子身边。手上的葡萄酒瓶突然摔在了地上，只听见史蒂文森叫着“脑袋！脑袋！”结果便晕倒在地。

众人赶快把他抬回了卧室，又请了三位医生过来，最终得出的结论是肺脏麻痹性脑溢血。这一次，他再也没有睁开眼睛。

次日清晨，当地人献上的野花堆满了瓦伊利马，那也是他们的哀思。

由于史蒂文森之前为自己选好了墓地——瓦埃阿山山顶，因此现在需要开辟一条去往那里的路，有两百个当地人主动报名。凌晨，洛伊德带着这些人去开路了。

午后两点，大家抬着棺木上路了，周围静得可怕。一个又一个身强体壮的萨摩亚青年接过棺木，从新开出的路上，把棺木送到了山顶。

下午四点，史蒂文森下葬，观礼的是十九个欧洲人，以及六十个萨摩亚人。这片位于山顶的空地，海拔一千三百英尺，周围种满了露兜树和柠檬树。

史蒂文森活着的时候为他的家人和仆人们写了一首祈祷曲。现在，大家用这首曲子为他送行。烈日炎炎，所有人都低着头，柠檬香气浓郁，几乎让人不能呼吸。墓前摆满了白色的百合花，一只大黑扬羽蝶停在了那里，浅浅地呼吸着。

满脸皱纹的老酋长泪流不止，曾经热爱生命的南国人，如今为死亡而哀悼。他声音低沉，道：“投珐（安息吧）！茨西塔拉。”